长安文心书系

走在西安大街上

张艳茜 著

陕西新华出版传媒集团
陕 西 人 民 出 版 社

图书在版编目（CIP）数据

走在西安大街上 / 张艳茜著. —西安：陕西人民出版社，2020.12

ISBN 978-7-224-13635-7

Ⅰ. ①走… Ⅱ. ①张… Ⅲ. ①散文集—中国—当代 Ⅳ. ①I267

中国版本图书馆 CIP 数据核字（2020）第 087314 号

主　　编：宋亚萍
策　　划：张孔明
责任编辑：左　文
整体设计：杨亚强
绘画导师：曹　刚
绘　　画：蒋懿琰

走在西安大街上

ZOU ZAI XI'AN DAJIE SHANG

作　　者　张艳茜
出版发行　陕西新华出版传媒集团　陕西人民出版社
（西安市北大街 147 号　邮编：710003）
印　　刷　陕西汇丰印务有限公司
开　　本　889mm×1194mm　1/32
印　　张　6.125
字　　数　137 千字
版　　次　2020 年 12 月第 1 版
印　　次　2020 年 12 月第 1 次印刷
书　　号　ISBN 978-7-224-13635-7
定　　价　42.00 元

目录

城墙根下

一

西安四大城门，东西南北门的称呼，过于简单，毫无特点，有人提议应沿用明代时所用的名称：东门——长乐门；西门——安定门；南门——永宁门；北门——安远门。很吉祥，很古典，也与西安古老城市深厚的文化积淀相吻合。

其实，四大城门的进出门洞上方早已明确镶嵌了旧时名称的匾额，但是西安人习惯上仍然按照“东西南北”的方位这样称呼四大城门，公交车上报站名也是如此。如果谁要乘出租车去北门，你却说要去安远门，估计九成九的司机都不晓得方向盘该往哪里转。但是四大城门旁边的小门古名倒是一直叫得响，比如朱雀门、含光门、文昌门等等。

二

无意间，我的生活住所总在西安的城墙根下。人常说眼眉前的事物是最容易被忽略的，何况我又是个对现实环境很不敏感的人，所以，尽管离西安城墙很近，我对它却了解太少。

工作之后有 17 年的时间，我住在东城墙根的东门里，陕西省作家协会家属院。那时，总是东门东门地叫着，待搬走后，有一天途经东门，一抬头，却看到门洞上方隶书镌刻的“长乐门”的匾额，才知道我一直生活在“长乐”之中却浑然不晓。

那段漫长灰暗的日子，我时常像只鸵鸟，将自己的头深深地埋入沙土里。尽管暴露着遍体鳞伤的身心，却没有勇气抬起头来面对现实，因为只有有意识地麻木自己可怜的神经，才能熬过每一个失败的日子。

琐碎的生活，使我变得庸常而琐碎。我不得不小心翼翼地注意每一个微小的细节，乘坐在风雨飘摇的小船上，打造的却是一艘囚禁自己的海盗船，我沦为船上的奴隶。虽然时刻想着要逃离，但是船已扬帆，驶入茫茫无际充满险恶的大海，仿佛是一次看不到希望、看不到港湾的航程。我以为，我只有葬身大海才能彻底解脱。

是女儿给我空虚、无望的生活带来了抚慰和快乐，城墙根儿就是我和女儿创造快乐的园地。女儿三四岁时，我们走在高大的城墙边，她总试图攀缘城墙，她那胖胖圆圆的小脚蹬在窄窄的砖墙上，一级一级往上攀登，我在下面托着她的小胖屁股。显然，她是无法拾级而上的，就像我在痛苦的婚姻中无法拾级而上。

后来读好友杜爱民的散文，他说他小的时候就经常从容地一级一级攀上城墙。那本不是凭一日之功可以做到的，杜爱民却在玩耍中轻易完成了。

冬天飘雪的日子里，层层灰色的墙砖落上了洁白的雪花，衬托出城墙威严之下的典雅与少有的柔美。在环城公园里雪厚的地方，我和女儿毫无顾忌地打着滚，拍照片。夏天到了，一度对书法感兴趣的女儿在双休日的早晨，早早起床，提着小水桶拿一支大毛笔，跟随楼下我的编辑前辈路萌先生来到东门外，毛笔蘸着桶里的水，在光滑平坦的石板地上练书法。待太阳光热起来了，女儿提着小桶回到家里，兴奋地拍着还在床上睡懒觉的我，希望妈妈能和她分享早晨凉爽的晨风。

我很惭愧，于是开始起早，跟随练书法的女儿来到东门外的环城公园。那时，环城公园是收费的，好像每人每次五毛钱。为了避免带钱的麻烦，也为了让自己天天坚持来锻炼，我买了月票。

这里热闹极了，年纪大的跳着节奏缓慢的扇舞，中年人跳着动作幅度很大的健身操，还有一些人排成一排，一个给一个拍背，嘴里“咳咳”地高声叫喊着，令人匪夷所思。始终喜欢远离喧闹的我，不可能加入这些队伍中，于是我选择了一个人跑步。从东门开始跑，跑到建国门结束。

一路上，我见到不少熟人和同事。和我大学同学又一同分配在省作协工作的姚逸仙，在一块空地上打着太极拳，一招一式有板有眼，像是武林中人。接近建国门时，在一片绿荫下，青草地上，看见的是《陕西日报》文艺部的田长山，他穿一件运动休闲服，一条白色宽松的灯笼裤，手执一把闪闪发光的长剑，剑把上一穗红缨上下飞舞。田长山全神贯注，他练的大概是太极剑，剑法舒缓流畅，不急不躁，剑剑中的，像是站在城墙上保卫城池的古代勇士，正在认真地比武练剑，随时准备抵抗外来的侵略者。

田长山的身材并不高大，但是虎背熊腰，结结实实，说话也是底气十足。每次有作品研讨会，或是省作协召开的长篇小说座谈会，都能听到田长山准备充分的发言。不像有的批评工作者，到开会时才在一张小纸片上顺手写上几条，然后按照惯常套路信口开河。田长山总是谦虚地拿出打印好的发言稿，他说，我就照着念了。于是，他浑厚的声音就响起来，他的声音共鸣很好，说话铿锵有力，整个会议室里都回荡着他嗡嗡的尾音，空气仿佛都在震颤。

城墙根下的跑步继续着，一张月票画完了，我换了第二张、第三张。我能坚持跑下来，应该说也与天天坚持打拳练剑的姚逸仙、田长山有关，如果不愿被他们笑话我三天打鱼两天晒网，就得努力坚持。

跑步让我暂时忘记了一睁开眼睛就铺天盖地而来的生活失败感，我颓废的身心得到了物理的疗治，虽然痊愈是不可能的。起初环城公园那段不长的路程，我跑到半途见到姚逸仙时就气喘吁吁了；等到见到田长山，我几乎累得像在走路了。慢慢地我的脚步加快了，身体轻盈了，呼吸均匀了，有时轻松地跑过田长山面前，他会给我一个鼓励的微笑。

不记得是我换第几张环城公园月票时，一连多天我都没有见到田长山，我以为他出差了，却传来令人震惊的坏消息，他被查出患有肺癌，住院做了手术。我简直不能相信，病魔为什么要侵袭那么健壮的身躯哦！但是，以后跑过那片树荫，就再没有见到他那敦实的身影，心中怅怅地希望，他那套行云流水般的剑法能助他战胜侵入他体内的侵略者。

后来我搬离了省作协家属院，住进了鸟巢一般的高楼里，麻木和颓废的心理仍像病魔一样如影随形，令我整日浑浑噩噩，消磨时光，浪费生命。

2003 年“非典”已经结束的那个夏天，我在新闻出版大厦的电梯前等待上楼。电梯门开了，一个一张脸都掩藏在大口罩里、头戴白色遮阳帽的人，拖着一辆装满书籍的地平车出了电梯。我好生奇怪，“非典”的危机已经过去，这个季节本不该戴口罩的。待那人抬头的一瞬间，我从那双眼睛和那依旧敦实的身躯认出，他是田长山。我想下电梯帮帮他的，但是电梯门已经关闭，开始缓缓上升了，我突然有种与他河汉相望的感觉。

这是我最后一次见到田长山，不久，我的信报箱里收到了田长山刚出版的著作《方言误读》，再不久就传来他去世的噩耗。和省作协的同事到他家里祭奠他时，我意想不到地看到，他的家除了书，真可以用家徒四壁来形容，清贫得令人难以置信，更加为他突然的离去黯然神伤。

他在临终之前完成的签着“艳茜女士雅正”的著作还在我的书架上，但是一个曾经健康的生命从此在城墙根消失了。他是真正的勇士，懂得如何尊重生命，勇敢地生，尊严地死，直到最后时刻，他都不失太极剑法泰然自若的内功。

三

2004 年，我多年动荡不安的生活发生了质的变化。逃亡一般，我勇敢坚定地选择逃离这艘使我身心备受伤害的“海盗船”。我终于明白，希望的航程和温暖的港湾不是我能等来的，而要靠我自己去创造。我要为此拼命一搏，哪怕葬身大海，也不能丢失自己，毫无尊严地继续苟活。

在最寒冷的冬季里，无助的流浪汉一般，我和女儿落脚在西城墙根下，租住房就在西门。现在知道了，那是安定门。命运将我安置在安定门，这是否是一种冥冥之中的暗示呢？住在长乐门却始终没有一丝快乐，但我被风雨侵蚀得几乎千疮百孔的心灵从来都渴望着生活的安定啊。

我的租住房没有暖气，这个冬季，让我找回了早已远去的对于寒冷的记忆。那份寒冷是彻骨的，被冰魔包围着一般，它面目狰狞，始终恐怖地冷笑着，一点一点企图把我和女儿身体里残存的体温抽光。我们眼睁睁看着它从容不迫、剥茧抽丝般猖狂肆虐着，却束手无策，难以抵御，更无处可逃。

每天下班回家，我能看到正在翻修复原的西门城楼。它如梦初醒一般洗去铅华，逐渐凸显出鲜艳的色彩。待到有一天它脱去了身上的安全网和脚手架，一眼望去，不禁悚然一惊：色彩夸张的亮丽，竟像是看到一幅凸显血红大嘴的口红广告画，眼球很刺激，却不舒服，与两侧城墙的沧桑、古朴很不相称。

虽然人都有喜新厌旧的毛病，但自然朴素的品质却仍然被更多人所推崇。也许是看得久了，或待灰尘扑面，风吹雨淋，有了时光剥蚀的痕迹后就和谐了吧？我的随遇而安的惰性心理又在作祟。便时常想，修饰一新、高大威风、盛装出场的西门城楼，与朴实无华、深沉宁静、庄重典雅的城墙连接在一起的感觉，很像旧时的婚姻：两个几乎未曾谋面的青年男女，一夜之间，要求他们天衣无缝、丝丝入扣、夫唱妇随并且终身厮守，悲剧就是这么轻易地被制造着。

最近，我接触最多的一个词语，就是“磨合”。新手和新车的磨合；夫妻或恋人的磨合；同事之间的磨合；国家之间的磨合；人与自然界的磨合；单位里人员结构调整，旧有的人事秩序破坏了，重新洗了牌，进入新一轮人际关系的磨合。这其中，每个人都讨厌圆滑世故，每个人都讨厌杂乱无章而且心情恶劣，但是每个人却都在追求应对自如游刃有余，每个人都在无声等待有人出头整顿无序、恢复正常而与自己无干。社会的球磨机在高速运转，不接受磨合，就可能被压成齑粉。

城墙和城楼也要在时光隧道里接受岁月的磨合。

四

最初，家中那只可爱的小狗皮皮鲁，追随我们一起过起了贫寒的日子。

晚饭后，我要带着在家里寂寞等待了一天的皮皮鲁去遛弯。从安定门出发，沿着城墙根，皮皮鲁在前面跑着，我在后面跟随。说是遛狗，倒像是狗在遛我，我一个人肯定是不会到这阴暗潮湿、散发着浓臭排泄物气味的城墙根散步的。那气味，绝对不是小狗们力所能及制造的。那种龌龊的人类气味遮蔽了古老西安城墙六百多年的青砖散发出的朴素泥土气息。就在昏暗的灯光下，你还能够看到古老的青砖上除岁月侵蚀之外人类强行破坏划出的残破痕迹。

一对拥抱着的情侣就在昏暗的灯光下出现在了城墙根下，这本是稀松平常之事。但是这对恋人不平常的举止让我不得不注意到他们与众不同的存在。整个冬季里，我们好像彼此有约似的：我带着小狗皮皮鲁走过那盏昏暗的路灯，他们则准时相拥在路灯下面。当然，有约是我的想法，幸福中的恋人，世界只存在于他们两个人之间。

女人的身边是一辆自行车，男人的身后则是一辆破旧的轻骑。有时，他们一同坐在轻骑小小的座位上，拥抱亲吻。寒冷在此却步，温暖油然而生。我相信他们是这个冬天里最温暖的人。

有一天，他们相拥的身影突然分开，接着传来声音不大的一声脆响，是女人打了男人一个耳光。短暂的静场，是那种突发事件之后的不知所措，接着女人疼爱地抚摸着被她打过的男人的面颊，男人则把女人更紧地拥在怀里。女人压抑的哭泣声幽幽地传来，是走到迷宫里找不到出路的那种恐慌、无助和迷茫；是迷茫中突然见到一束光亮，却无法引导她走出去的委屈和失落，或者还有把这一束光亮当作生命一线希望的本能挣扎。两个身体瞬间的分离，让我看清了这是一对和我年龄相仿的中年人。他们不是那种人们司空见惯的年轻人之间的热恋，他们的约会与相拥更多地带着中年人“曾经沧海难为水，除却巫山不是云”的沧桑感和甜蜜过后一丝丝的悲凉意味。

后来皮皮鲁离开了我和女儿的租住房，很长时间里，我不再去散发着龌龊气味的城墙根下遛狗。但是，那对风雨无阻、即便穿着雨衣也准时约会的中年情侣却总是牵动着我身体的某根神经，在夜深人静没有暖气的冰冷被窝难以入眠时，我常常会牵挂着他们。

五

在西门度过了第二个冷酷的冬天，春天终于来了，是属于我的人生真正自由的春天。饱经冬天寒冷侵袭的人，才能体会到春天的温暖多么的来之不易。

春意盎然时，恰逢江南的好友到西安来。懂得她平素看惯了山青水绿，小桥流水，也许对拙朴厚重的东西感兴趣。接近黄昏时分，我带她出了安定门，走进城墙根的环城公园。租住到西门的这两年里，凌乱不堪的紧张加恐怖的噩梦般的生活使我头一次走进这个公园。

先被树林深处的一阵紧锣密鼓声吸引，我和好友快步循声而去。秦腔自乐班的业余演员们正在忘情投入地演唱。突然，一声高扬尖锐穿云裂帛的男声唱腔炸雷般压过板胡的高音刺破了空气，扰乱了黄昏的宁静，竟把听惯吴侬软语的好友惊得打了一个激灵，她连连摆手说消受不起、消受不起。

沿着城墙根我们继续往深处散步。鸟笼里的画眉鹩哥没有被秦腔和锣鼓惊吓，它们在小小的鸟笼里跳上跳下，闲庭信步，笑看过往散步的老人、嬉戏的孩子和寻找不同的我们。

看到孩子，我就想起女儿小时候提着小水桶，在东门——长乐门外公园的石板地上练书法的情景。这西门外应该也有书法爱好者留下的墨迹吧？果然，在西南城墙根下，借着尚未褪去的天光，我们隐约读出了地上的民间业余书法家留下的墨宝：“但识琴中趣，何劳弦上声。”“书之妙道，神采为上，形质次之。”还有苏东坡的气势恢宏的《念奴娇·赤壁怀古》：“大江东去，浪淘尽，千古风流人物……”看了这些遒劲流畅的书法作品竟然随意地书写在地面上，抬头面对的又是西安历史积淀深厚的古城墙，好友又是一惊，但这次是惊叹西安这座古城文化底蕴的博大精深、厚重隽永和朴实古拙。

清理疏浚过的护城河对岸，早已拆除了路边的破旧门面房，也改造成绿树成荫花木繁盛的公园。我时常路过那边，但见休闲的人们、牵手的伴侣在其间徜徉、游园，好生羡慕他们的闲情逸致和富余时光。

难得今天我陪江南好友也来潇洒走一回，那就尽兴一把。刚好看见有一拱桥通向河对面的公园，我们便信步走到桥边，却发现一个铁栅栏门横在桥上，挡住了通向对岸的通道。春天旺盛了万物，也旺盛了生活里两个中规中矩的中年人的逆反心理——春天来了，谁能阻挡我们寻找春天的脚步？我俩决定从桥的侧面翻越栅栏，结果没有费力就身手矫健地跨越了障碍，走下桥来。可是往日路过时人头攒动的喧闹，此时却寂静无声，唯有树影绰绰风声过耳，就像行走在抗战电影神秘莫测的青纱帐里，把我和好友刚才翻越栅栏时的那一点点兴奋横扫一空。空寂的公园深处终于有了人的影子晃动，并且急促地向我们走来，是身着制服的保安，他厉声询问我们是从哪里来的？原来是公园早已清场关门了。好端端的公园不让人游玩，清什么场关什么门嘛！我们的心情被这一声厉喝弄得灰灰的，尤其是我这个在城墙根生活了快二十年的人，对周边环境竟如此生疏，不懂得公园还有关门的规矩，破坏了好友的雅兴，很感惭愧。生活中，这种横空出世、突兀生硬的清规戒律难道制定得还少吗？进了安定门，为了弥补我这个“业余导游”的过失，我给她讲起我曾经见到的那对中年恋人，整个一个寒冷的冬季里，从不爽约完成美好温暖拥抱的爱情片段。我说，但愿今天能够遇见他们。好友尚未从第三次的惊吓里缓过神来，将信将疑地看着我，以为我在编故事抚慰她。

又走过那盏昏暗的路灯，路灯下只有空空荡荡的一片苍白。苍白的城墙根下，只有匆匆走过的几个人影，还有一个被高大的苏格兰牧羊犬拉着跌跌撞撞、蹒跚向前的华丽女子。只是不见那对我时常牵挂着的衣裳素朴的中年恋人。

春天来了，热情的暖意真的远去了吗？我心中怅然若失，不去迎接好友探询的目光。这时，迎面走来三个行人，一对中年男女和一个七八岁的小小少年，他们边走边热烈地探讨着一个老师提问的话题。走近了，看清楚孩子的书包在女人的肩上背着，男人的肩上却背着女人的小小坤包。我被这一家人和谐的亲情状态感动着，不假思索地说，我曾经见到的那对情侣，也许就是眼前的这对中年人。今天，他们一家人来了。好友善意嘲讽的笑意已经快溢出眼眶肆意流淌了，至少，那个肥胖的小小少年连一个小小书包都要由大人背着就预示将来不会出现什么美好的结局。

我不理会她，虚弱地但仍然坚持着自己的理想，在西安古老的西门——安定门里，在包含美好寓意“安定”两个字和古老厚重的城墙下，冬天里温暖的故事应该属于他们。而且，我也在内心深处默默祈祷：我曾经常年居住的西安东门——长乐门并没有给我带来什么“长乐”，但愿往下我的新生活能够充满长乐和安定。长乐、安定，这是两个多么平实、朴素而又具有非同一般象征意味的美丽词汇啊，无论普通人家还是贵族后裔的生活注定少不了它。

走在西安大街上

下午下班时，如果阳光温和，时间允许，我会选择步行回家，为的是活动活动久坐僵硬的腰身。

我工作的陕西省作协大院，是国民党军高级将领、抗日英雄高桂滋的公馆，高桂滋公馆南隔壁是张学良公馆。两个公馆都亲历了发生在1936年12月12日那场震惊中外的“西安事变”，因此同时成为国务院第二批重点文物保护单位。

1985年夏，我大学毕业刚分配在《延河》当编辑时，曾经在作协大院门口一排平房的第二间——当时的作协招待所里住了三年。20世纪90年代后期，作协大院改造，拆掉了这排简易平房，盖起了二层商用门面房并且全部出租。我的“旧居”成为一家很有名的面馆。每天到饭口，有各种身份的人拥进那家面馆吃面，作家杨争光就是其中一个狂热的食客。

出了作协大门向北走，有一家店名有个“树”字的咖啡馆，门头写着：

我不在家，就在“某”树咖啡馆，我不在“某”树咖啡馆，

就在来“某”树咖啡馆的路上。

新世纪初咖啡馆开业时，看到这么诗意的广告词，很心动了一下。后来才知道，这几句简单却很有诱惑力的广告词并非原创，而是“拿来主义”的创意。咖啡馆开业之前，门口曾有棵生长茂盛树干粗壮的法国梧桐树，但是此树似乎遮蔽了彼“树”的脸面，先是被人剃了“头发”，光秃秃只剩下树干，一副六神无主的样子呆立在“某”树咖啡馆的门口。第二天，一家报纸报道了此树的不幸遭遇，还配发了照片。我当时想，这下可以为这棵树讨回公道了。谁都没有料到，更绝的事情却发生了，就在媒体曝光的几天后，这棵命运多舛的树，干脆连树干都没有保住——被完全铲除了。

每次走过那块空空的路面，我都会为这棵树伤感。就是为了这个原因，尽管近在咫尺，我始终不愿意走进这家咖啡馆。

然而，我又能随意走进哪家咖啡馆呢？沿街再往北走，还有一家咖啡馆，透过玻璃窗很清楚地看到，里面坐着悠闲的男男女女，端着咖啡吃着干果、点心，聊天、打牌并且姿势优雅地抽着烟。我为自己设想过，我一个人走进咖啡馆里，找一处僻静的座位坐下，然后要一杯咖啡，为自己寻找一份特别安逸的心情。再然后我会怎样呢？在咖啡还没有从苦味里品出醇香时，我的特别安逸的心情已经使我不能继续安逸了。我根本不可能在这孤独却纷杂的环境里静静地默想心事，我的心事可能就是我要问自己为什么要到这里来？我有这份享受安逸的资格吗？这个问题会折磨得我坐卧不宁。得！这样一想，我还是不要走进去，别给自个儿找难题了。

乱想的巨人，行动的矮子，这就是我。但有时候，乱想满足了我生活中许多的不可能，抚平了我日子里许多的不和谐。所以，对我来说，这毛病虽然无药可救，却也给我带来了许多快乐，哪怕这快乐是暂时的。比如，我很快走到街拐角一个福利彩票的出售点，看见它，我又开始乱想了。如今，除了炒股，就数彩票最能诱惑人妄想暴富了。

我知道，凭我半辈子的经验，我一辈子不会有中奖的幸运，也就很知趣地离彩票远远的。但是，谁都挡不住我有“但是”的权利，于是我幻想有一天我中了大奖后会做出哪些壮举?

我先要拿出一笔钱帮助一些最需要人帮助的贫穷苦孩子，或资助他们上学，或为他们交付高昂的手术费。然后，我要为我劳苦一生的妈妈在西安买套房子，再给她一笔充足的生活费，让她晚年生活得舒适安定。当然，还有我的大姐，我不能忘记她。自从我十七岁离开华阴县十冶子校到省城西安求学，一直是大姐照顾着我。大我十岁的大姐经常为我操着当妈的心，多年来我却总是不争气，总是无法让她轻松。我要帮助大姐做好她最急需做的事，比如为大姐的独生儿子，我最骄傲的军人外甥在他驻扎的青岛购置一套房子，再为他置办一场隆重的婚礼。

我不知道这样几笔钱花下来，是否还有剩余?有的话，就全部是给女儿桃桃的了，我要给她留作出国留学的费用。她可以选择去德国，德国不需要学费，只要备足了生活费就行了。虽然女儿的个性可能更适合在包容性更强的美国，但是，请原谅妈妈吧孩子！美国的学费太昂贵了，你执意要去美国的话，只有你自己努力奋斗了，不然恐怕妈妈早就透支了，早就负债累累了。

回家的路上，一路走着想着，很快我就把几百万彩票中奖的钱，在几分钟之内“花”完了，虽然我又是“一贫如洗”了，但是我很过瘾，也很开心。

西安的街道端端正正的，有点方向感的人，即使初次来西安，都不容易迷路，尤其在城墙圈里，更不会轻易迷失自己。

记得多年前有一位作家讲，他第一次来西安时，在拥挤热闹的东大街转晕了方向，就在他惊慌失措、六神无主时，望见了坐落在市中心古老的明代钟楼，这座西安市标志性建筑，顿时让这位作家像黑夜里找到了北斗星一样的兴奋。因为他知道，钟楼是西安东、南、西、北四条大街的交会处，找到了钟楼就找对了方向。他说，后来再来西安，一旦乱了方向，他最笨的办法就是先找到钟楼。

我听了他的讲述，联想到自己不辨方向的毛病忍俊不禁。我在西安虽然已经生活二十多年了，但是只要越出了我工作生活的区域，每一次，我都像是出差到了外地一样的新鲜而陌生，心里怯怯地生怕走丢了。我很庆幸，两次搬家，上班下班的路线都没有变，正东正西通过东大街、西大街，并且必经市中心的钟楼。所以，我没有走失在这个城市里，但是，我却时常走失在所处的人际环境的迷宫里，艰难痛苦地在这个城市寻找回家的路。

刚工作时，省作协没有几个单身，所以一直没有机关食堂。我住的宿舍也没有厨房和灶具，我便跟着大学同班同学，又同时分配在省作协一个编辑部的姚逸仙，在单位所处的建国路一家挨一家小吃店吃过去：牛羊肉泡馍、扯面、辣子蒜羊血、葫芦头泡馍、肉夹馍、羊血饸饹……建国路吃完了，我们吃到东大街，东大街吃完了又吃到解放路，最远我俩步行吃到了西大街回坊的一家地软包子铺。

这就是西安的好处，随便走在哪儿都能找到吃饭的铺面，鳞次栉比的小吃店，怎么吃都不会重样。虽然二十多年来，西安的大街小巷不停息地改造，低矮的建筑拆除后，拔地而起了许多高楼大厦。但是，无论怎样改造，街上最多的仍然是餐饮店，只不过现在的中高档餐饮店比二十年前增多了。那时，想找家有些规模的餐馆，得走上好一段路。被我们带动，当时省作协几个年轻人也和我们一同上街找饭吃，今天你请，明天我请，吃饭队伍越来越庞大，后来连作家路遥、主编白描等也加入进来。一般的小吃店显然无法承受这么多人，于是，我们走进了几家大餐馆，饭菜标准也步步攀升。人最多的一次有二十多人，在解放路东四路口的一家川菜馆，坐了满满两桌。那天的晚饭好像是我的上司白描埋单，上了白酒没有尽兴，又喝大罐装的啤酒，喝高了好几个人。饭后二十几人浩浩荡荡唱着歌往回走，仍没有尽兴，又集中到办公室喝作家王观胜冲好的“滴滴香浓”的“雀巢”咖啡。

所谓天下没有不散的筵席，那顿饭好像吃到了终点，饭局从此画上句号。后来，这种大家庭式的聚餐，在 20 世纪 90 年代中后期也曾恢复过。但是，也是好景不长，饭友们就“分崩离析”了。

工作生活中不断地发生着合合分分、分分合合的事，每一次都不会不痛不痒地过去，伤筋动骨在所难免。人最怕麻烦，也最有智慧和精力制造麻烦。这方面我很弱智，很多时候我就是我，好听点叫作单纯，不会做出相应的变化，也没有做选择的智慧，经常不注意也看不懂时局和派系，稀里糊涂就被看作犯了方向性错误；有些时候又很惧怕看懂了，不知该向哪里迈步，无尽的烦恼便如影随形。这种时候我总会安慰自己说，时间能证明一切。但是，可怕的正是我们每个人在时间面前都很贫穷，我们却佯装富有，毫不吝惜地挥霍。何况，即使时间能够鉴证什么，那不断流失的生命也接近了枯竭，谁又能超凡脱俗看透这一切呢？

回味着二十年来品尝到的酸甜苦辣滋味，我已经走到了刚刚改造过的骡马市。这条街对于西安人或者西北人来说，就像北京的秀水街一样著名。改革开放时，西安最早的服装个体户几乎都集中在这条街上，他们也是西安首批富裕起来的人，但是，比起后来掌握高科技手段的创业者和有更坚实的创业基础富裕起来的群体，这些个体户挣的都是些辛苦钱，虽然他们宰起我们这些普通消费者来从不心慈手软。

改造后的骡马市，从小店铺式隔档变为开放的商场式经营，两边又有“星巴克”和“沃尔玛”入驻，所以现在的骡马市已失了先前的市井个性而显得洋味十足，只有地面刻意铺设的仿古青石地砖颇有些古典韵味。古时的地砖透气吸水，能使地面多余的雨水渗透下去，保持地表湿润。于是我在仿古青石地砖上跺了跺脚，想知道它是否如古时地砖具备同样功能。但是，我又怎能检验出来它是否具备呢？很多时候，说不清现代人是更聪明了还是更愚笨了。

快下钟楼地下通道时，一些发放订机票名片和房产广告的男孩女孩，纷纷伸出手挡着路，把广告塞到路人手上和包里。有一次我陪一个外地作家走在钟鼓楼广场，看到我一概拒绝那些伸过来的期待之手，作家不理解，我怎能表现出平素少有的冷漠？其实我实在不愿意从这些人手中接过大把小广告后，再找个垃圾桶丢进去。这不是制造环境污染吗？可作家说，你接过这些无用的广告，至少对对方是一种尊重，他们制造垃圾固然可恶，毕竟也是迫于底层人谋生的无奈啊。

突然一个小女子挡住了我的去路，她拿着一个塑料制作的卡片，很有礼貌地对我说："姐姐，我能耽误你一分钟吗？"我看到那张卡片写着为了环保，回收电池之类的话，还有回收点的电话和地址。我欣然接过了卡片，心里想，既然是做环保工作，就该有环保意识，像这样的卡片不该是塑料制作，否则丢在地上，对环境很不利。我以为接过卡片就没有事了，谁知小女子快步跟上我说："姐姐要接受我们的回收行动，就要拿 50 元钱办理手续。"

我讶异地看着她，搞不懂这是怎样的"环保组织"？犹豫片刻，我很郑重地将卡片还给了小女子。这时礼貌的小女子突然变脸，很不客气地回我一句："你这不是耽误我的时间吗？"

从钟楼地下通道上来，就走在了开阔的钟鼓楼广场，这是女性建筑设计大师张锦秋的早期设计作品。张先生还设计了恢宏壮观、富有民族特色和艺术个性的陕西历史博物馆、大唐芙蓉园等优秀的建筑群。我曾听过一场张先生关于建筑艺术风格的讲座。张先生说，钟鼓楼广场的设计，是她向商业妥协的遗憾之作。因为当时市政财力不足，只好借用民间资本力量。于是，不得不修改设计方案，就有了地下的商场和地上显著位置的"麦当劳"快餐店。

张先生是明明白白地走失在通向理想的征途上的，所以，要想不迷失自己，坚持个性非常不易。面对各种因素，每个人要不断做出妥协，比如向商业妥协，向权势妥协，向金钱妥协，还有向亲情妥协，向友情妥协，向爱情妥协，包括——向黑暗妥协……妥协了，有可能失去了自尊，但是不妥协你将受到更多的伤害。

经过了七八年改造的西大街，非常注意细节，拙朴的隔离墩、瓦当图案的地砖，还有历代钱币图形的喷水孔等等，蕴含着浓郁的文化设计理念。只是，有一处设计令我匪夷所思——修缮一新的都城隍庙的牌坊后面，为什么高高悬挂一块“你来过了吗？”这样写着大白话的牌匾呢？至今让我搞不懂。

搞不懂就搞不懂吧。我很快就走到安定门里（西门）我租住的地方了。这些年生活遭遇不幸，工作经历不顺，但我都一步一步地走过来了。就像我从单位步行走过西安的一条条大街，累也罢，苦也罢，只要坚持下来，总会到达目的地，到达我的家——即便这个居住多年临时的家十分老旧寒酸，总归是可为我和女儿遮风避雨的窝。

突然就很迷信，以为这都是因了住在安定门下的缘故，是“安定”两个字保佑着我，让我面对艰难一步步走过。

安定门里的日子

明天，我就要返回米脂县了。

知道的人都劝我：总之是挂职的，何苦那么认真，手术后可以继续在家休息的。

其实，我也没有崇高到要忘我地想着工作。只是离开米脂有一个多月了，很想那里。就像我今年7月的匆忙搬家——离开住了四年的安定门里那套租住的房子一样，每每路过那边，心里就汹涌出一股不可遏止的怀恋之情。人拿自己最没有办法的就是感情。

中午，和一位老兄相约在一家西餐厅吃饭。谈起我在安定门居住时的艰辛岁月，我说我的人生很失败，人到中年了仍然居无定所地到处流浪。当作家的老兄却不以为然，坚持认为，这种漂泊的经历和感受，正是我有别于他人之处，我拥有一份更丰富的人生。

话虽说得轻巧，也不无道理。但是，我还是很想在寒冷的冬季，舒舒服服地穿着绵软的拖鞋、绵软的休闲服，手托冒着热气的咖啡杯，闲适地在属于自己的温暖房子里，无所事事地从这个房间走到那个房间。

住在安定门里的四年，实在是迫不得已。在房子与自由两者的选择中，我毅然选择了后者。

2004 年初冬，寻找租住房那天，好友阿芬夫妇陪着我去中介公司。在一套两面朝阳却没有暖气的空房里，阳光透过窗户照射进来，冰冷空气里飘浮的尘埃在阳光里闪烁着点点光亮。我看着五彩的尘埃，心情晦暗，不能自已地想哭。因为我知道，要与过去的生活说再见了，要离开那套属于我的——每一个角落都倾注了我的心血、高高塔楼的新房的时刻到来了。

之所以选择居住在安定门里，是为了当时读高中的女儿桃桃上学方便。即便离学校只有五分钟的路程，她却常常迟到。但是上初中时，她要骑二十多分钟自行车去上学却从未迟到过。

每天清晨，桃桃乒乒乓乓一通忙乱，然后扑通扑通冲下楼。那时，我还裹在被子里睡着懒觉。待一觉醒来，我经常梦游一般紧张地大喊：桃桃，快起床！

哪里还有人理我。只有从楼下飘上来浓浓的胡辣汤的麻油味儿，还有油腻的炸油条的香味儿。

租住屋对面一对来自徐州的中年夫妇摆了一个鸡蛋煎饼小摊，早已为赶早的人们卖出了大半的备料，这时候趁人少空闲，他们会烙一些韭菜盒子，刚好对我口味，也不用等待。这对夫妇做工时从不接触钞票，总是让顾客在炉子旁一个箱子里自己投钱自己找钱。做生意也很厚道，桃桃早上忘记带钱时，他们会让桃桃先拿上鸡蛋煎饼上学去，下次再补上。有一次我做饭需要两个鸡蛋，家里没有，去超市买又来不及，于是下楼与他们说买两个鸡蛋，他们却怎么都不肯收钱硬要送我。后来我只好在超市买了还给他们。

我们租住院子的大门口，有一个标志性的摊点，是一个中年四川男人的修鞋摊儿。每次来人找不到我，我就会告诉他们，大门口有个修鞋的。

修鞋师傅和那些早起卖早点的来得一样早。整个冬天，这个修鞋的四川男人，穿着一双底子很厚的大皮鞋，就一直坐在大门口，边修鞋，边和善地与过往的人们微笑示意。遇上来人需要简单的修理，比如提包带断了、拉链松了、鞋帮开胶了，他修好后放到来人手中。问他要多少的修理费？他总是摇摇头笑着说不用给的。

有一天，鞋摊儿没有摆出来，我却在去上班的路上见到了穿着干净中山装的这个四川男人。站立行走的他，个头竟然很高，很挺拔，很有些一表人才的模样呢，我都有些不敢认了。

春节临近，修鞋摊儿、鸡蛋煎饼摊儿等等统统撤走回家了，人们吃早点就有些凑合，便盼着他们早些回来。待过完正月十五，纷纷回来的他们，又会带来新一番热闹。

所以，安定门里的日子是不用看日历的。到什么日子，就会有什么形式。清明时节，我会学着市民到路口买上几刀纸钱，然后在地上画出一个开着口的圆圈，在圆圈里为离去的父亲烧纸钱；五月端午节了，楼下便有叫卖蒿草艾叶，和卖包粽子的苇叶的；九九重阳节时，大把大把的菊花便被市民捧回家了。

安定门里"好又多"超市后面，有一条不足百米的偏僻小街，就拥有三个卓尔不群的地名：龙渠湾、菜坑岸、白鹭湾。每一个地名都充满文化气息和古典韵味，带了田园乡村的色彩。我住的那个小街名为"白鹭湾"。后来学历史出身的施晓宇来了，帮我考证“白鹭湾”名字的由来。我才知道，早先的白鹭湾，是一片地势低洼的水乡泽国，这里菜园田垄交错、翠鸟白鹭翔集，乡村风景闲适优美。敢情今日缺水的西安，早年确有白鹭飞翔！可见西安的安定门，早就是一个适合人居的温柔之乡哦。

今年上半年，我租住的房东告诉我，他不再出租那套我住了四年的房子了。尽管对我这个房客很满意，可因为马上要拆迁，也是没办法的事。房东给我半年的时间另找租房。7月份，终于又是在阿芬夫妇帮助下，找到另一处租住房，我和孩子匆忙中手忙脚乱地搬离了安定门。

搬家的时候，到自行车棚结算保管费。那个本来很憨厚的车棚保管员知道我要搬走，突然将每月六块钱的保管费增至十元。看到我大张着嘴巴要与他理论，他急得满脸通红地说，这是有物价局文件的。我没有较真去看那鬼文件，笑着与他清了账。谁都活得不容易。

最后，我一定要说，安定门就是西安人俗称的西门。人们只图了叫起来简单，却不知称呼“安定门”会多出许多心理的安慰和生活的期盼。

生而快乐

那年结婚不久，糊里糊涂地就怀了孕，没有任何的思想准备，于是很坚决地做了人流手术。这竟是我结婚以来做得最坚决、最自主的事，但受伤害也是最个体的，无论心灵还是肉体，没有人可以替代我。

作为当时省委扶贫工作组的成员，赴陕北下乡一年结束后，回到西安，在还没有充分体味都市生活的感觉，没有享受与家人团聚的喜悦的时候，丈夫就把一个尖锐的问题摆在我的面前：我们生个孩子吧。他说。

丈夫的父母已经年迈，想做爷爷奶奶的心情相当急切，作为独生子的丈夫又是天生的孝子，怎能忽视父母这种心情？我懂。但是，我同样明白，丈夫严肃地提出这个问题，是因为他清楚地知道，即使有多么的不情愿我都不会拒绝。人流手术伤害一个未成形的小生命的阴影还没有从我心头消散，我为此的痛苦和愧疚丈夫明白无误。此刻，我有气无力地做着最后的挣扎，我说，我觉得自己还很孩子气，我怎么能做好一位孩子的母亲？

“你能的！”丈夫不容置疑地回答我。

我母亲的母亲，也就是我的外祖母，曾经生过十个孩子，活下来的，只有我的母亲姐弟四人。外祖母大半生可以说都在血水里扑腾，大半生都与生生死死纠缠不清。生死对于外祖母来说，就如同她家屋后的蒿草，春天生冬季灭，任它生任它灭一样的自然简单。蒿草的生死由天定，外祖母孩子的死原因很多，也许也是天注定的，但是“生”却不是，人活着不就是叫“生活”吗？那不“生”，怎么算“活着”？

对“生活”大彻大悟的外祖母，有一年从东北老家来到陕西。那时，我的大姐才得了她的宝贝儿子。外祖母盘腿坐在床边，将长长的烟袋叼在嘴上，“吧嗒”吸一口，看着怀抱孩子的我的大姐说：艳华，趁着年轻，抓紧再生一个。

我大姐满脸幸福，眼睛始终望着儿子说：姥姥，现在的政策是计划生育，一对夫妻只能生一个孩子。再说了，我有一个也很满足了。

年迈的外祖母疑惑之中更多的是不满，说这是什么政策？管得太宽了，怎么都管到人家炕头上来了。

我母亲在她三十五岁之前，便完成了四女二男六个孩子的制造过程。

在我的记忆中，从我懂事起，我看到的母亲便是一位没有任何青春痕迹的、苍老的女性形象。养育六个孩子，又是在经济极为困难的年代，母亲只有日夜操劳，才不至于让我们挨饿受冻。

小时候，我时常趴在家中一个箱子上，抬头凝望墙上镜框里一张很大的照片，那是一张母亲的彩色照片。照片上的母亲光彩动人，年轻又美丽。那微笑是那么的迷人，充满了柔情。现在想想，我的父亲能与这样的美人儿结为伉俪，并终生厮守，是有充足的理由自豪的。虽然他们一生都在彼此抱怨。

但是，就是这样的美人儿，这样的佳丽却被外祖母的“生活”观——多子多福夺去了几乎所有美好的一切，也许母亲自己对此浑然不觉。

望着照片上的母亲，我幻想着她从照片上走了下来，用柔软的手抚摸着我的头，唤着我的小名，然后在我的面颊留下她温热的亲吻。记忆中，我从没有感受过母亲这样的温存，更没有亲昵的热吻。但是，即使这样的幻觉也是短暂的，生活中的母亲一声喊：还不快去看弟弟！便很快让我回到惊慌失措的现实当中。

辛勤养育孩子、操劳一生的母亲，也许有她特有的享受快乐的方式。母亲生完我的小弟多年后做的最多的梦，给我们讲的最多的梦，就是一个内容：梦中又生了一个胖小子。这个胖小子一出生就会走路，就会叫妈妈。母亲讲这个梦时，眼睛里难得闪烁着快乐和温情的光芒，还伸手在弟弟肉嘟嘟的脸上亲昵地捏一下。

母亲的梦告诉我，她是多么的遗憾，没有早早就生出几个儿子来。我对母亲梦中的这些胖小子真是充满了仇恨。直到现在，我还傻傻地想，要是父母生孩子时，像下跳棋那样跳过我该有多好，因为下一个就是他们想要的儿子，就是他们梦寐以求的快乐和幸福。

我的出生就是这么的不知趣。

不知趣而存在于世的我，活得极悲观、极脆弱，谁晓得在我身上多加上个“母亲”的角色，会不会引来更多的不知趣？ 我很恐惧。 于是，我怀着种种侥幸，试图使自己不要轻易怀孕，然而，女儿还是顽强不屈地到来了。

也许，这个静悄悄地生长在我身体里的小生命，是想给我这个不情愿做母亲的人一次改变悲观人生的机会。 女儿她真是安静啊。 她没有让我撕心裂肺地呕吐，也没有在我的脸上长出丑陋的妊娠斑，更没有因为她的存在影响到我的工作。 唯一的一点，她在我的身上造了一座房子，使我的身体逐渐庞大而臃肿，可她在这座我身上的房子里，一点没有妨碍我。 甚至，没有令我感到丝毫的难为情。

怀孕的日子既漫长又宁静。 多数的时间里，我甚至没有感觉我是一个孕妇，我终将要临盆生产，我终将要做母亲。 女儿在她的房子里翻个身，伸伸懒腰，蹬蹬腿，对我来说，这些带给我的仅仅是新奇，而不是憧憬和做母亲的激动。 女儿总是静静的，我的心情也是静静的，我以为，这样静静的日子会永远延续下去。

那是个非常炎热的夏天。 产房里，一阵阵令人心悸，甚至毛骨悚然的叫喊声，将门窗玻璃都震得嗡嗡作响，近旁婴儿室的婴儿也不时地发出或脆亮、或有力、或轻微的哭声。 伴着产妇的叫喊和婴儿的啼哭声，我始终无法入睡。 此时的我完全进入了虚无状态，没有思想，没有感觉，没有恐惧，没有期待。 我静静地躺在病床上，不知过了多久，隐隐约约地看见，一群孩子围在我的身边，对着我求救般嘤嘤地哭泣。 其中一个有着明亮大眼睛的小女孩儿，竟伏在我的身上，贴着我的脸对我说，妈妈，你知道吗？ 我就是在你身上住了十个月的女儿。 我是你的。我望了她很久，很疑惑地问她，你叫我妈妈，我是妈妈吗？小女孩儿肯定地回答，你是妈妈，你是我的妈妈。我没有任何欣喜，仍然很平静地对她说，哦，真是这样，那你就跟我回家吧。小女孩儿很固执：妈妈，你要很情愿地说，欢迎我，然后很情愿地拥抱我。此刻，我的平静似乎被她的固执和她恳切的目光融化着，竟然真的是发自内心地说了声，欢迎你，我的女儿，然后，将她柔软的小身体拥入怀中。

一阵剧痛将我从梦中疼醒。我忽然明白了，女儿她为何这么沉稳，这么宁静，不从她的“房子”里走出来。她在等待着我的呼唤，等待着我向她伸出拥抱她的双手。我真的明白了，女儿是不愿意步一个不知趣就降临人间的我的后尘。我一遍遍在心里默默重复着梦中说过的话，我说，欢迎你，我的孩子，妈妈真心欢迎你。

窗外淅淅沥沥地下起了雨，就在雨点滴在窗台上发出滴答滴答的响声时，我的女儿终于来到了世间。女儿属龙，龙女来了，自然带来了清清爽爽的雨。

我听见助产士对我说：顺产，一个女孩儿。随后，一个紫紫的小屁股亮在我的眼前。

两天后护士推着上下两层的婴儿车走进病房，从上层一排三个包裹当中，抱起一个小包裹递给我，我接过来，看到的是一个在襁褓中的小粉团，肉肉的，嫩嫩的，像才出土的小芽芽，令人好生怜爱。我情不自禁地亲了亲这个小粉团，脱口而出的竟是句大俗话：我的心肝宝贝儿，我就是你的亲娘！

女儿出生后，我那一直为女儿出生操心的大姐，每每讲起等待女儿桃桃出生时的惊心动魄，总不免要感慨，说当时这孩子的胎心音那么不正常，真以为是个患先天性心脏病孩子，谁知是孩子在子宫中待得太久了憋的，出生时浑身青紫，吸了两天氧才正常。丈夫也曾因女儿的胎心音不正常、因女儿迟迟不出生而担忧而手足无措。我想，在我和女儿共同走过的那段平静的波澜不惊的日子里，是我们彼此说服了对方，我们彼此感动了对方，我们彼此改变了对方，我们也彼此创造了对方。

我很幸运，做母亲时遇见了可爱美丽又懂事的女儿；我也很幸福，女儿让我感受到做母亲的无穷欢乐。我不再是不知趣的人，生活也从此因“生”而充满了快乐。

我是兔子我怕谁？

清晨还没起床，早起上学的女儿桃桃，就惊讶又伤感地叫着：妈妈，兔子死了！

我心里一阵颤动，为了宽慰要上学的桃桃，我故作平静地说，生老病死，这是谁都必须面对的。何况一只本就弱小的兔子。

这只兔子是桃桃的同学一周前送给她的，虽然我极力反对，可桃桃还是将它摆在家中的茶几上。

我极力反对，一是每每带回这些活物，桃桃只管与它们玩耍，吃喝拉撒的事就落在我头上。我对桃桃说，妈妈养个你已经很艰难了，妈妈再操不起那么多的心。可我这话最终总是变成我自言自语。二是我家曾养过一只兔子，那次我见识了与老鼠同宗的兔子的本事，它不仅一次次地将电话线、电线咬断，还将家中一棵生长了二十多年的昙花啃死了。一年之后，那只兔子的嘴巴长了个大疙瘩，当医生的大姐说可能是淋巴肿瘤，当时真不知拿它怎么办，于是在去华阴县的途中，便将那只兔子放到了田野间，生死由天吧。

我实在担心这次的兔子以后也是难以安置，几天来都在考虑它长大后，是送到乡村人家，还是放生到田间，还未想出个结果，没承想它却这么早就离开了“兔世”，心中不禁为它的不幸暗暗叹息。又因我生肖属相是兔子，兔死“兔”悲的同时，不免要为这只小兔子和“兔子”们悲天悯“兔”一番。

这只小兔子按遗传学的要求不会是好品种，但这只有一拃长的小东西着实令人爱怜，那小模样长得纯粹是为取悦于小朋友的。它的两只小耳朵是黑色的，眼周是黑色的，小嘴巴是黑色的，四只小脚丫是黑色的，身上间或有几点黑杂毛。现在，它躺倒在它的小铁笼子里，我仔细端详着它，想着它到底是饿着了，撑着了，还是冻着了？看着想着我突然间感觉，它死去倒下的样子多像一匹小马，虽然少些马的尊贵与英气。

前几日，我看到朋友写的一篇有关马的文章，在北大荒下乡的朋友曾经做过三年的马夫，他言：难以理解马的睡眠，它一生就这样日夜站立着，没有完整的睡眠，一闭眼就算一觉。

文章看完我一直为马伤感。我由此知道了，不到最后的时刻，马是不会将自己尊贵高大的身躯匍倒在地的，倒下即意味着它长眠的开始。这只小兔子活着时也同样是站着睡眠，严格地说，它顶多是身体蜷在一起，后腿半跪着。前一天看见它站立不稳摇摆着身体，我还以为它在寻找着最佳的睡姿，谁知它的确选择了最佳姿势，却进入了真正的长眠而不醒。

将弱小的兔子与高大英俊的马放在一起做比较，马肯定会委屈。但是在十二生肖里把个人人喊打的过街老鼠与马安排在一桌，并且又是生肖之首，马有什么辙？不光是马无可奈何，号称动物之王的老虎也得受着。

我曾对这十二个形象代言物的组成感到十分费解。这十二个角儿，强的特别强，弱的又特别弱，有吃荤的，有食素的，有脾气暴烈的，也有性情温顺的。如果按攻击性或战斗力来排序，虎肯定是这支队伍的老大，即使是只纸老虎它也会摆着一副威风八面的架子，而兔子只能排在垫底的位置。因为最不济的羊，头上还有一对坚硬的羊角做武器呢；那整日吃了就睡的猪，亦长着令残暴凶猛的动物胆寒的獠牙，当然那是野猪，现在的圈猪，早已没了脾气，只长了一副能吃的好牙口；而鸡虽然体态弱小，它那一张嘴巴也不可小视，把它惹急了，它会两眼一瞪，一口啄下去。但是，兔子，兔子它有什么，它靠什么保护自己，遇到危险，它只有撒丫子逃跑的本事。可是往哪里跑，谁又怕它跑，守株待兔都能将它得手，何况，谁都知道，“兔子尾巴长不了”。

我不是在鼓吹强权，崇尚暴力，而是对这个弱肉强食的世界感到无奈。无奈之余，我也渐渐理解了为什么会是这十二个动物做生肖，套用一句俗语：林子大了，什么鸟都有。这些动物各自的性情，也许正吻合了人与生俱来的性情。这样说是不是有点宿命，还有点迷信。

比我大五岁的三姐是属狗的，小的时候，是她常带着我。不是她愿意和我在一起，而是她根本没有别的选择。但她可是一点气都不受的，也是我们家女孩儿中，敢于表达自己意愿的唯一的一个。过年时只有她敢向父母提出要过年的新衣，有时父母随她的那份将我的也捎带上，她就会“狗”急跳墙地对我大发雷霆，她觉得好事是她争取来的，我却无功受赏，这太不公平。这时候的我看着她张牙舞爪的样子，大气儿都不敢出，我真担心她会扑上来咬我一口，那我是毫无招架之功的。有一次，我们一同走在路上，我们的手中拿着什么东西，突然她发起火来，想都没想就将那东西扔在路边，头都不回地向前走，而我只好去将东西捡起抱回家。当然，属狗的三姐还有许许多多的优点，也在方方面面对我很关照，但此时，在我只顾着怜悯兔子的时候，我只有将她的好暂且放到一边。

比我小五岁的弟弟是属猴子的，他小的时候，是我带着他玩儿。他是我父母的心肝宝贝，就以为是所有人的心肝宝贝。我们姊妹中没有属虎的，所以这个猴子就成了家中的霸王。我没少受他欺负，也没少因他挨打。那时候，电影都是在露天放映，要提前拿上小板凳去占位置。如果去晚了，前面的位置没有了，就只有站到后面。有一次，我们去晚了，连站在后面的位置也插不下脚。那个电影已是放过多次了，我便劝说弟弟不要看了，弟弟无论如何都不答应，我只好站在小板凳上，让他骑在我肩膀上看电影。那时我不过七八岁，个子也不高，就是站在凳子上，我也只看到前面站着的大人们的后脑勺。不知过了多长时间，我实在支撑不住了，把弟弟抱下来，再一次央求他跟我回家。但他仍不肯，我便不由分说拉着他就走，他哪里肯依，竟杀他一般大哭大闹。最终，我只好向他妥协，他那样哭闹着回去，我是逃不过一场骂的。

上大学时，最不信命的我们也最爱算命。有一种算命法，是说什么属相的适宜与什么属相的结合。我们班同学大多是属兔子的，我们知道了除了兔子本属相，最适合与兔子相伴的是属猪的。想想真有些道理，猪与兔子之间，没有任何利害冲突，既不互相争食又不互相争斗。但是，这些鬼话谁会去信，我就愣是对“一头猪”在我的眼前晃来晃去而无动于衷。并且在毕业后不久，就像是怕嫁不出去一样，早早将自己拱手送入一只“老虎”的嘴里，成了他不足挂齿的一碟小菜。

一日，与好朋友闲聊，竟发现我们三个嫁给属虎的做妻子的“兔子”，结局都很凄惨。一个“兔子”几年前随丈夫远走他国，辛苦操劳，一面照顾年幼的儿子，一面辅佐丈夫做生意，不料竟在三十八岁时身患绝症，命归九泉；另一个“兔子”当年在各方面重重压力下，不顾一切追随自以为的最爱，但好梦不长便被那只“笑面虎”搁置一边，至今仍孑然一身，孤独度日；还有一个“兔子”便是我，比起前两只“兔子”好不到哪里，我如今不过是在“老虎”的肚子里苟延残喘，连踢腾的力量都没有。从我们三个“兔子”的遭遇，由不得感觉到，与“猪”相伴才是硬道理。

有一个好打猎的作者，讲过他早几年打兔子的经过。他在夜间出没于草高过膝的野地里，手提一把猎枪，头上戴一顶下矿井用的矿灯，灯光射出去，便有野兔子追光而跑，待灯光照到兔子眼睛的一刹那，那奔跑的兔子竟愣怔得不动了，而此时，他手中的猎枪也响了。

细细想来无论是在十二属相中，还是在自然界中，兔子的天敌太多了。说来也怪，它体态是这般的柔弱，生存的空间又那么狭小。但它却奇迹般地存活了下来，虽然尾巴短了点。而那些体态健硕、身躯庞大的动物，有的早已不见了踪影，成为人们想象中的东西，有的也濒临灭绝，让人们数着数地保护它们。所以这个世界，强大和弱小从来都是相对的。就像人类中的很多人，强壮的身躯，未必就包裹着坚强的神经；而弱小的身体，未必就柔弱得如风中摇曳的杨柳。

我是兔子，我怕谁？ 其实，兔子的天敌实在太多，而最怕的，是没被天敌干掉自己先趴下。 不趴下，就要练好站功，就像那马一样，一生都顶天立地的，站着做事，站着做人，一直到死，才匍倒在地，并且死也不失尊贵和那份逼人的英气。

通　道

算起来我和她认识已经十多年了，但是，我们的关系始终像是失职的外科医生做手术后，将什么东西忘在了内层，伤口始终难以愈合一样，无法成为朋友。

我们其实没有过任何冲突，就连红脸的事情都未曾发生过，所以，我这样打比方很拙劣。但是，我们又确实像发生了什么事一样，在这十多年里，总像是有什么东西梗在了我们中间。

也许你们压根就不是一类人。我们的共同朋友这样对我说。

十多年来，我和她没有成为陌路人，并且时常见面，偶尔还会在一个饭桌上，一同举起筷子，朝着同一道菜伸出手去，全缘于我们有一个共同的朋友。

我们的共同朋友就像是太阳，我和她则像是围绕太阳旋转的行星，我们可以脱离太阳系的轨道自行旋转吗？不行，习惯就是习惯。况且，朋友都做了二十多年了，我是找不出理由与朋友断交的。无论多深交情的朋友，彼此也要有相对的空间，我怎能限制朋友交我之外的朋友呢？这是没道理的。

我年轻时曾做过这类绝对的事，因为我的好朋友执意要嫁给我认为根本配不上她的人，我竟好久不理我的好朋友，若不是她的丈夫不跟我计较，多次做我的说服工作，我可能就失去了这位同窗好友。

这类傻事也只有年轻时能干出来。那时候真以为世界永远是我们的，所有的好事也永远是我们的。丢了这样，忘了那样无所谓，前面有更新更美的景色，等着我们去观赏；到处是俯身可拾的欢欣，只要我们愿意，我们挑着去享受。

现在的我，在不经意间丢失了太多东西之后，懂得了对待事物要多一些宽容、多一些理解、多一些容忍。当然，我做得还不够，不应是“多一些”，而是“更多一些”，我还要继续努力。

有一件事，便可见得我的确在努力。有一次，我们，也就是她、“太阳”朋友还有我，一同参加完一个活动，路过她的工作单位，她邀请我们一同到她的办公室坐坐，这是我第一次踏入她的办公室。

我得承认，她是个很洁净、很有条理的女人，从她整齐干净的办公桌便可以做出这样的判断。不像我，无论多大的办公桌，也会被我摆放满各种东西。我每天从早到晚忙着做的一件事，就是在满是物什的办公桌上找东西。为这个毛病，我曾被人写进一份传单，所以，很多人都知道“张副主编凌乱的办公桌”。

如果她的办公桌也是“凌乱的”，那我至少在那天不会发现，我和她之间存在着问题。

她的洁净的办公桌上，有一块很大的玻璃板覆盖着桌子，玻璃板下，摆放着几张照片。有一张照片特别醒目，不仅是因为居于中间位置，而且是被放大了。这张照片上，有四个人：“太阳”朋友坐在中间，“太阳”的两边坐着另两个人，她是在“太阳”左边的身后，一条腿半跪在大家坐的那张床上，一只手越过“太阳”左边的那个人，搭在了“太阳”的肩上。

问题就在这时被我发现了，坐在“太阳”右边的人的旁边，有一只穿着粉色衣服的胳膊残留在照片上。

我突然想起，我也有同样的一张照片，上面是有五个人的，我就坐在最右边，穿着一条粉色的连衣裙，我还笑得很灿烂。但在这张照片上我只剩下了一只胳膊，我的身体被“活活”给切掉了，而且，还使我“体无完身”。

许是我盯视照片的时间太久，许是我当时的面部表情有些走形，引起了“太阳”的注意。“太阳”看了一眼照片，便起身阻止正在沏茶倒水的她，说还有事得赶回去，并问还处于木然状态的我是否也一同走？

“太阳”是个聪明人，了解我曾经的脾气，以为我仍然如年轻时那样，像个炮筒子，直来直去的。这些年，让我做到处乱不惊、镇定自若、沉着应变，我还需要再历练，但我多少也知道伪装自己了。这就是成熟过程中另一面可怕之处，这个过程不完全是去伪存真，而是包含了去真存伪的内容。

几年前，如果让我对一个遭遇不幸的人，而这个人又是我讨厌的人说几句宽慰的话，我会痛苦万状，无论如何也说不出。但是现在，说这类话，慢慢成了一种自觉。同时，我也不会轻易将内心所想像过去那样和盘托出了，我有了能盛得下心思的肚量。不幸的是，人们愿意接受我现在这样的状态，人们说，我在成熟。

我不想成熟也不行，就像我看了我被“肢解”的照片，我即便想表达一下我的不解、我的莫名其妙，朋友都要阻止。

就是这次，“太阳”对我说：“也许你们压根就不是一类人。”

也许“太阳”说得对，我和她有太多的不同之处，我们本就是两类人。

在交友方面，我们有着不同：如果遇到一个投缘的朋友，她会马上要和人家形影不离的，无论是上街购物还是吃饭消遣，甚至晚上在人家家里聊天晚了，她会在人家家里留宿。

我则喜欢和朋友之间保持一个各自独立的空间，在对方需要的时候，适时地出现。我交往的几个要好的朋友，时常几个月都见不上面，但是我知道我们彼此牵挂着。

我更不会有到朋友家留宿的事，都是有家有夫有子的，怎可能丢开自家的一摊子，去打扰另一家一摊子生活呢？我无论如何都做不到。

说句没良心的话，不到万不得已，我都不会留宿在父母那儿和我的母亲同室共寝，否则，我会整夜难眠。一来，是我的睡眠质量很差，不能轻易挪动地方睡觉；二来，很早就离开了家，独立生活的日子过得太久，我变得有些“独”了。

在生活情趣上，我们迥然不同：她时常喜欢相邀三五个人，在茶社借着一壶茶玩扑克打麻将，能泡一个下午或是一个晚上。看过一次她打麻将，很佩服她灵敏的反应，更惊叹她纤细小手的灵活，她竟然能用食指和中指夹着烟，然后用大拇哥和小拇指抓着麻将牌，那动作既从容又随意，却看得我瞠目结舌。

在这些方面，我很低能，我不会抽烟、不会玩牌，麻将桌几年能上一两次，也只是在过年时和姐姐们玩玩，耐心只有一两个小时，倘若过了这个时限，我就感到头昏脑涨，精力不济，牌和在自己手里都不知道。

我工作的这条街，有几家装潢不错的咖啡馆和茶社，从门前走过时，我曾经有过冲动，我要走进去。当然，咖啡和茶我是不敢要的，不然，会害得我通宵失眠，我只能叫上一杯果汁，然后我干吗？然后我只能傻坐着，连想心事的心情都没有了，因为里边很少宁静，而是充斥着打牌声和啤酒瓶的碰撞声。

瞧我这人是不是很没有情趣，我知道她在这些方面是很看不起我的。

在着装上，我和她也大不相同：她生活一直很富足，就不会如我一般过了季才去买打折的衣服。她的衣服总是走在季节前的，天还未转暖，她便会迫不及待地露出了匀称修长的小腿。遇到暖冬，一年四季，她就不停地变换着裙装。她拥有天生的好身段，不设法展示出来，也实在对不起造物主。有几次的活动上，她一天当中，竟换了四身行头，而且每一身衣服的色彩都很炫目，看得大家眼花缭乱。还有一次，她穿的一件上衣开领很低，虽然在脖子上系了条丝巾，但仍然时隐时现地露出已开始下垂的半边乳房。穿着这样的衣服，她竟然还绕着会议室走了一圈，很刺激了一些人的眼球。

我的衣着风格，色彩单一，款式不新，没有任何的时尚感觉。一方面，我拮据的收入不允许我在穿的问题上有太多的考虑；另一方面，我不是那种爱逛街的女人，天性中最怕的是面对选择，尤其是面对多重的选择时，我就会手足无措，六神无主，这也包括上街去选衣服。所以我承认，我不如她有女人味儿。

总之，我和她真可谓是“两股道上跑的车，走的不是一条道”。

奇怪的是，站在我和她之间的共同朋友“太阳”，却与我们各自的脾性相投，并自如地包容着我和她各自的个性，这也是本事，是天生的本事，让我很服气。

照片事情之后，我有意回避与她的接触，担心我爱追根问底的毛病犯了搞得彼此翻脸。

日子一天天过去，竟然有两三年时间，真的就没有再见到她。但是，有关她的一切，就像风一样，丝丝缕缕地吹到我的耳朵里，尤其是属于她绝对隐私的部分。

时间是医治很多创伤的良药，我早已对照片的事以及我和她之间到底存在什么问题淡化了，反倒听了“太阳”讲起她的情感遭遇，让我心中陡生了许多同情。我知道了，一向随心所欲地享受生活，活得洒脱自在的她，其实内心始终并不轻松地与命运做着抗争。同时，我还心生无限的感慨，她内心的故事，其实不该是我这么轻易就了解的。我就像是不请自到的不速之客，趁着主人不注意，便将人家的家底看了个遍，这太不道德。我为此很自责，在“太阳”再次向我讲述她的近况时，我就有意打岔。我不想随便就登门入室。

一天，她让“太阳”事先与我约好，她想来找我，让我帮她做点事。其实，即便“太阳”不出面，她直接来找我，只要是力所能及的，我也会毫不含糊地帮助她的。

在办公室等着她，心中思量着这么久没见面，该不会冷场吧。

我的担心是多余的。走进来的她，手机没完没了地响着，她便一会儿都没有停地忙乎着，看着她对着手机表情丰富、谈笑风生、八面玲珑的样子，我知道，无论多久不见，她依旧是她，而我却不一定是我。

合上手机的空当，她问起我的情况，一副随意又居高临下的口吻，我却认认真真地作答着。这时的我和她，宾主完全颠倒着，好像这天是我上她的门，有事求助于她的。

在一个问一个答的时候，我突然感到毛骨悚然，从她问话的口吻，从她对我的回答表现得不以为然的神情，我意识到，其实，她早已对我了解得一清二楚。我就像电影《地道战》里的傻日本鬼子，武工队已经将地道挖到了鬼子炮楼底下，一切都在武工队的掌控之中，但是，那日本鬼子却愣是毫无察觉。

生活中的有些人，你和他经常在一起，他可能是你的同学、同行、同业、同事，或是由各种关系将你们联系在一起的人，你可能和他不曾有任何冲突，不曾有任何矛盾，甚至连一次正经的冷脸相待都没有，可你们之间却隔了千山万水。我和她就是这样。

令人烦恼的不是我们的格格不入，而是我们彼此都是那么了解对方。我们各自有一条通道通向了对方，但是这通道永远都不可能相通，因为，它不是为沟通准备的，也不是为了关心开凿的，甚至，连起码的关注都谈不上，可它却客观地存在着，使我们彼此的生活空间和私密空间愈来愈狭小。

这通道是无形的，搞不清哪只脚踏在哪儿就有可能是空的，你相信吗?

想象父亲的样子

每年6月的第三个星期天是父亲节。我却愿把6月的每一天都当作父亲节，只要能把我的问候送给父亲。

其实，一年半以前，我就不能向父亲问候所有的节日了。无论是春节、他的生日还是父亲节。而我从此问候他的渠道和方式，是在清明节，或是寒食节的傍晚，来到四处通畅的路口，在人们无声的指导下，在地上画出一个开口的圆圈，开口的方向对着父亲沉睡的地方，然后在圈里点燃一张一张发黄的纸钱。在燃烧纸钱的袅袅青烟里，我想象着父亲的样子，他的沉默、他的严肃、他的忧郁、他的愁苦、他的难得的微笑。我说，祝福你，我的父亲，在另一个我无法探知的世界里，希望你宁静、轻松、快乐、平安。但是，谁能告诉我，又怎敢保证，我的父亲他一定就知道女儿在祝福他呢？

烧完纸钱，神情恍惚地往家走，看到路上走过的牵着孩子手的那些慈爱的父亲，看到那些搀着年迈父亲的胳膊，或是依偎在父亲怀里的女儿，我不禁左顾右盼，也寻找我父亲的身影，顿感绝望。我知道，我永远没有这样的机会，享受父亲的抚爱，感受父亲的温存，体验有父亲的幸福了。我已经是一个与常人不一样的女儿了。在默想和父亲在一起点点滴滴细节时，我由绝望到伤感，其实我一直就不是一个常人感觉中的父亲的女儿。

父亲人很瘦弱，很早背就微驼了。长相却是很清俊，甚至还有几分书生模样。那个年代不多的几部电影中，有部电影我最喜欢看，就是《英雄儿女》。电影中扮演王芳亲生父亲的那个志愿军首长的演员，长得很像我的父亲。然而，外表文质彬彬的父亲，却不如银幕上的那位父亲乐观沉稳，面对还不曾相认的女儿，不动声色，镇定自若，慈爱地对女儿微笑。那笑容，很令我着迷，总想象着，我的父亲要像他那样，天天对我们微笑着该多好哦！但是，从我懂事起，就很少看到父亲开怀的笑脸。在我们面前，他更多的是威严、沉默、抑郁，甚至有些时候是不可理喻的暴躁。和三个姐姐的心情一样，我从内心里惧怕父亲。在家里，只要父亲在，我们就小心翼翼地做事，不敢多说一句话，生怕做事或说话不妥当，惹恼了本就心情沉重的父亲。那样，他会大发雷霆，一家人都会因为这件事或是这句话受到牵连，遭到训斥。我上高二的那年，有一天，我一边用擀面杖擀面条，一边向父亲转述刚上初中的弟弟班主任的话。但是，还没有等我把话说完，父亲突然从面案上抽出我正用的擀面杖，一擀面杖打在我的腰上。我莫名其妙地看着父亲，不懂得为什么弟弟惹事犯错挨打的却是我。因为这突然的一面杖，委屈的泪水都忘记了流落下来。

20世纪90年代末，父亲从黑龙江老家带回来一张照片，上面大人小孩共有十九个人，一个三世同堂、人丁兴旺的大家庭。成年男人们身材高大，女人们则裹在裘皮大衣和棉旗袍里，露出端庄秀丽的面孔。中间坐着一对年老的夫妻，身边环站着男女五个孩子。

照片上方注明了照相时间："康德十一年一月二十五日"，康德年，是 1934 年成立的伪"满洲帝国"的年号。康德十一年，就是 1944 年。父亲将照片拿给我们看，对过春节回家的女儿们，很轻描淡写地说，这是我们家早年的照片，然后就不再言语了。父亲很少对我们提及他父辈们的事情，偶尔，会讲起早逝的祖母如何的美丽善良。那时，父亲的眼里，就有闪亮的泪珠在眼眶里打转。

看着这张突然出现的照片，我们将信将疑地开始在照片上找父亲。因为没有考虑时间，只看长相，找父亲很费了劲，起码有三个人像极了父亲，一个是年轻的祖父，一个是祖父的弟弟，一个是年少的我们的伯父。结果，我们都看错了眼，站在老夫妻，也就是我们的曾祖父母中间的最小的孩子，才是我们的父亲。要不是这三个人的长相，我们无论如何无法将这张照片上的，看着还算殷实的家庭，与我们现在的家庭和生活联系在一起。这难道就是我们父亲的过去？我一直在疑惑。

看着照片，我在想，可能有两个因素造成了父亲一生性格的忧郁。一个是无法改变的出身。在唯成分论的年代里，虽然父亲的成分是贫农，而母亲的富农成分，常常令我在学校和同学面前，心里怯怯地发虚。然而，肯定有很直接的因素，像阴云一样，笼罩在父亲的心头，并伴随他多半生里无法挺直胸膛。即使在他入党之后，也不能消除这份沉重；另一个因素其实是可以避免的，就是父亲在三十五岁时，就做了六个孩子的父亲。尤其令父亲郁闷的是，我们家盛产女儿，六个孩子就有四个丫头。

人们常说，女儿是母亲的贴心小棉袄，是父亲上辈子的情人。这种形容是否根据弗洛伊德精神分析的恋父情结理论，我不得而知。但是，从字面上去理解，这上辈子的事一股脑到此生都来烦扰父亲，对于父亲来说确实是很痛苦的。

在1981年我即将参加高考的时候，沉重的心理压力，使我产生很强烈的厌世情绪，没有生的欲望，就想逃离这个世界。于是头一次很大声地质问父亲，你和我妈为什么不计划生育？你就不该生我，你们完全是为了要儿子才一个一个生下去。你早该知道下一个就是儿子，你为什么不跳过我直接要下一个？那次，一向脾气暴躁的父亲意外地容忍了我的反常情绪，一句话没有说，走到另外一个房间里好久没有出来。我不知道，是我一语中的，还是说到了他伤痛处？或是等我顺利高考完，然后父亲要与我秋后算账？当时我只管说出来痛快，根本没有想那么多。

这样的多子女家庭，在父亲那一代人里，应该还算正常的。但是，每天有八张嘴要向一个普通的会计父亲张开着要吃的。不仅如此，孝顺的父亲，多年里从不间断给老家年迈的祖父、继祖母和外祖父母邮寄生活费。母亲是普通的工人，只有微薄的工资收入，作为一家之长的父亲，经济负担和精神压力是可想而知的。最困难的时候，我们家发的油票和布票都送给了别人家，炒菜不放一星点儿的油，几乎每件衣服都打着补丁。我穿补丁衣服一直穿到初中毕业，上大学时才奖励我穿上一件毛衣。而父亲多半生穿得最多的就是公家发的劳动布的工作服。

1963年的饥饿年代，我在妈妈吃红薯干的肚子里逐渐成形，然后顽固地出现在这个世上。我不知道，我不知趣地降生，给贫困的家里又增加了一个丫头片子，当时父母是怎样的心情。父母说我的生日是阴历三月初三，两年前一次偶然在电脑上查询万年历，发现这一天的阳历应该是3月27日，而户口上我的生日却是3月31日。我难道就这么糊里糊涂地过了四十多年吗？询问父亲，父亲也很茫然，想了一会儿说，也许是将报户口的那天误作了我的生日。

那时，我们家在山东的济南，而父亲所在的单位，第十三冶金建设公司，正在山西建设太原钢铁厂。所以，平时，父亲和我们在一起的时间很少。在我不到三岁时，有一天，父亲从太原回到济南的家。好久不见父亲的我，跑着冲向进屋来的父亲，却不小心一个跟头摔在厨房地上铁饭锅的锅沿上。父亲急忙丢下手中的行李，抱着我就去医院。这件事，在父母讲述给我的时候，不知是唤起了我的记忆，还是我自己的想象，总之，父亲抱着我去医院的路上，在父亲怀中感受的温暖，和他风尘仆仆归来时的体味，至今都令我沉醉。

那次的摔倒，我的嘴角边留下了一个半个指肚大小的、像多出一块肉的疤痕。我从来没有因为这个疤痕感到难看，总觉得，这是父亲留给我的纪念。但是，跑向父亲摔的跟头，却让我感觉，就像是预示着我今后走近父亲的艰难。

1967年，我们家随父亲的工作单位，从太原漂泊到陕西的华阴县桃下镇。第二年的夏天，弟弟出生了。那时起，五岁的我，结束了我无性别的时代，明白了我是一个女孩儿，是有别于儿子的女儿。过去很少很少的几次，坐在父亲的床边，一根一根数着他那消瘦突出的肋骨，有些不明就里，恐惧颤抖着小手，摸着他腹部阑尾炎手术和胆囊炎手术后留下的两道疤痕。这时，如果父亲突然紧缩或突起一下腹部，会把我吓一跳，以为那两道疤痕变成了咬我手指的毛毛虫。那种情景很奇妙，手指轻轻划过父亲的皮肤，又像是满足了我心里和手指的饥饿。这样的温馨时刻，从此不再有了。我渐渐长大，而他的身边，总有他最宠爱的弟弟。

我上小学时的有一年，母亲带着弟弟回黑龙江老家探亲。有一天，不知为何只有我和父亲在家。晚上，学校操场放露天电影，是样板戏《奇袭白虎团》。因为已经看过多遍，天气又有要下雨的迹象，我不打算去看了，但没有想到父亲坚持要带我去看。他带上了一件雨衣，拎了两把椅子，我欣喜若狂又受宠若惊地跟在父亲后边，向操场走去。电影中途，雨哗哗地下起来，而且越下越大。父亲起身，我也随之起身，以为父亲不会再看下去。却见父亲示意我坐下，他将穿在身的雨衣扯过一半，遮在我的身上，又怕遮挡不住雨水，他索性就站在了我身边。我知道那个姿势一定很累，几次我都想提议回家。这场电影已经对我没有任何吸引力，但是，我很在意和父亲这么亲昵地在一起的时间，享受他的关爱。于是，我自私地不顾疲惫的父亲，没有把回家说出口，一边愧疚着一边幸福着，让父亲雨中站立着搂着我，直到电影放完。

1981年的7月底，我高考成绩出来了，竟然是那年华阴县文科的第一名。在班主任老师家得到的消息，和几个成绩不错的同学兴奋地闹腾到很晚才散去。我一蹦三跳地回家，上到五层我家门前，压抑住兴奋心情，小心地开门，生怕吵醒了父亲。但是，还没有等我把钥匙拿出来，门已经开了。很明显，父亲没有睡着，在等待着我。我咋咋呼呼大声说，我上大学没有问题了。父亲听了，突然将我抱在怀里，在我的额头用力地亲吻了一下。

记忆中，这是父亲第一次亲吻我，也是我第一次被一个男人亲吻。一向不苟言笑，脾气暴躁，对我们严厉有加温柔不足的父亲，突然对我袭吻，真把我吓坏了。说实话，我还不能习惯这没有任何铺垫的亲昵和爱抚。何况，在刚刚结束“文化大革命”不久的那个年代，这个动作，对于我这个正处于青春期的女子来说，甚至有几分过分。尽管是父亲给予我的。

愚蠢的我被这样一个美好的亲吻搅乱了心情，百感交集，五味杂陈，一拥而上。整个夜晚，我忘记了高考成功的喜悦，所有的心思全集中在这个吻上。我被这个似乎等待多年，到如今已经没有任何期待，却突然从天而降的亲吻，折磨得一夜难以入眠。甚至，都不晓得第二天如何面对父亲。因为，这个吻不仅是父亲的，也是男人的。幼稚的我多年之后，在不断地回味父亲的亲吻时，我的幸福感觉才一点一点不断加深。

那夜，父亲也是一夜未眠。在父亲临终前，被肺癌晚期折磨得不能站立行走的时候，他躺在床上，对我说，那天夜晚，我能上大学的喜讯，带给他的是有生以来很少的几次真正的开心。

父亲很少和我们女儿们当面谈心交流。我上大学后，时常给家里写信，倾诉我年少时不知愁滋味的忧伤和思家之苦。偶尔，父亲会给我回信。父亲的字很难认，横竖撇捺很不合章法。不像他人长得周正、端庄。对于我在学校遭遇的烦恼和挫折，父亲只用几句话来表达理解和安慰，比如，树欲静而风不止。比如，尺蠖之屈为伸也。但是后来，对于我的婚姻，父亲却自始至终保持了沉默，不做任何的评论和干涉，他以这种特殊的方式，表达他的惋惜和不满。在婚姻给我带来极度痛苦的时候，我心里恨极了沉默的父亲，责怪他当初，为什么就不对我再挥舞起“擀面杖”，坚决制止我愚蠢的选择呢？

父亲被发现肺癌晚期，到他去世，不到一百天的日子。有两个月的时间，我和父亲住在一起。过去，父亲曾羡慕他的同事，在病房里有女儿精心细致地照顾吃喝拉撒，父亲尤其强调，那个女儿竟然为她父亲接倒尿盆。这件事我一直记在心上，我想用行动告诉父亲，不用羡慕别人家的女儿，他的女儿也能做到。然而，父亲在那段日子里，只要能走动，能够站立起来，拉撒的事他就坚决不让我帮助。一次，母亲给父亲洗澡完毕，父亲在浴缸里站不起身来了，母亲费力拉着他，也很难起身。我说，我要进去帮助他，却遭到父亲大声的制止。过于自尊的父亲，在女儿面前，也如我被他突然亲吻一样，无法接受过分的亲近，即使在自己无助的时候。不能不说明，平日里，我们之间缺少太多自然情感的表达和交流。

父亲最后的一百天里，工作繁忙的大姐每天奔波于医院和我家之间，把最好的药物和滋养品都买回来用在父亲的身上，以期出现奇迹；二姐从千里之外的山东胶州赶回来，守在父亲身边，给了父亲很大的安慰；住在外县的三姐也来了，每天忙碌于菜市场和厨房里，为父亲做可口的饭菜。我只要忙碌完，就坐在父亲的身边，陪他聊天。他的话明显比以前多了起来，讲述起他那平凡又不一般的家族，怎么由富甲一方败落在纨绔子弟手中，最后侥幸在土改中落得贫农成分。很早失去母亲的父亲，少年就与贫寒、孤独相伴，无依无靠。对他母亲的思念，一次次让父亲的眼眶湿润。但是，父亲对于他周围尽心尽力孝顺的四个女儿，却很少表达父女情愫。他可能在大姐面前悔恨，当初没有照顾好幼小时的三姐，以致使三姐身心受到伤害；在二姐面前肯定，我对他两次眼疾给予的及时照顾，夸奖是我让他两次复明；在我面前赞赏大姐自信和坚韧的性格，获得的事业成功，感叹作为姊妹中老大的压力和不易；诉说性情温和心地善良的二姐，从十七岁工作起，就全心全意为这个贫寒的家庭付出，任劳任怨，毫无怨言。父亲这样说，其实是心里很清楚，四个女儿都很争气，对于这个家来说都很重要，困难时，只要一个电话，女儿们就会全力以赴。但是，父亲就是不肯当我们各自的面给予我们认同，依旧是一副威严、漠然的表情。唯恐漏出一点破绽，使我们怀疑父亲一生的真实。

父亲不是轻松上路的。大姐买来的昂贵药物没有留住父亲，病灶引起的疼痛，一天强于一天地发作，父亲坐立不起了。虽然当医生的大姐极力隐瞒着，父亲清楚自己到了最后的时刻，所以坚决不住医院。他是怕给家人增加不必要的经济负担。疼痛难忍时，他就吃止痛药来缓解。止痛药的用量越来越大，已经无法阻挡来势凶猛的病魔的全面攻击。父亲开始发出痛苦的呻吟，听得人撕心裂肺的心痛。

最后的一周里，父亲开始大口大口地吐血，连续三个夜晚没有停息。有两个夜晚，我守在父亲身边，每隔十几分钟，用一只小桶接着父亲口里吐出的鲜血，然后擦去父亲嘴边的血迹。父亲已经神志不清，不再发出疼痛时的叫喊，就这么静静地吐血，仿佛要把体内的鲜血全部排出来。昏暗中，我看着消瘦得一把骨头的父亲，心如刀割。刚过七十一岁生日的父亲，一生遭遇的尽是孤独、贫寒、艰辛、愁苦，承担了太多应分的和分外的负担。生活的重负已经压得他不懂得享受身边的快乐，为什么病痛还不饶过他，让他在最后的日子里不能轻轻松松地离去。老天太残酷，不该强加了这份痛苦，给已经不堪一击的父亲。

父亲离去后，大姐一遍又一遍地问我，其实也是想问父亲，最后的时刻，父亲在想什么？心里还有什么牵挂，让父亲受尽折磨合不上双眼？起初，我也一片茫然，但后来在不断地回忆思念父亲时，想到那些夜晚，从父亲口中吐出的鲜血，我宁愿父亲无思无想，无牵无挂，无忧无虑，安宁平静地到另一个世界得到解脱。

但是，仍然幻想，父亲只是像我小时候一样，到另一个城市工作去了，时常他还会回来和我们团聚。而我在他快进家门时，会兴奋地跑向他，迎接他的回来。哪怕跑一步摔一个跟头，嘴唇留下多道伤疤，那也是最幸福的。我时刻期待着父亲回家。我不要只在想象中看到父亲的样子。

妈妈在家就在

公交车上两个装扮时尚的女孩，在议论着重阳节。一个问：重阳节是吃什么的节日？另一个回答：吃粽子。不！之前的那个想明白了似的纠正说，是吃蛋糕。

中国的传统节日多以吃什么为主题，难怪两个女孩首先想到了吃。但是，无论是吃什么，吃蛋糕也太离谱了。这两个女孩被我怜悯地看了好几眼，却仍然是一副没心没肺的样子。

早就打算近日去看望妈妈的，怎奈重感冒缠身。重阳节这天，只好给妈妈打去电话问候。妈妈却不停地询问我的病情，并再三叮嘱我明天一定去医院看医生。

爸爸离开我们两年多了。爸爸走了，一时间，家里的天仿佛塌了下来，所有的节日都没有了喜气。

爸爸百天之后，妈妈发狠一般，将家里不穿不用的东西打了四个大包袱，分了三处寄送给老家黑龙江的亲戚。然后妈妈对我们说，我要出去走走。于是，我给她买好她要去的目的地的火车票，安排好接站。她上了车，却没有想到，这一走就没有停下来。从北到南，从西到东，妈妈走了半个中国。仿佛要把过去没有机会出门的损失补回来。于是，我们的娘家就随妈妈的远行一同四处“漂泊”着，难以落脚。

有一次，我在另外的城市旅游。路过一个建筑工地，看到一位中年妇女正在酷日下筛着石子和沙子。我不由得停下脚步，凝视着女人费力挥动铁锨的手臂和因风吹日晒干燥的脸庞。我对陪我的朋友说，我妈妈曾经就干过这样的粗活，在工地砸石子筛沙子。

之前，只大我几岁的朋友，倚老卖老、声情并茂地给我讲过去的年代，他的饥饿经历。我毫不客气地打断他，说，不要跟我讲饥饿的感觉，对饥饿我有更深的体会。所以，当我说到我妈妈过去的工作时，朋友没有诧异，也将同情的目光投向那个辛苦劳作的女人。

妈妈年轻时是个大美人，有过去的照片为证，也有我三个漂亮的姐姐为证。大美人的妈妈自从十八岁跟定了我爸爸，从此就踏上了她艰辛养育儿女的长征之路。妈妈可能不这样认为，但我总觉得妈妈的青春是在不断怀孕和哺乳中迅速消耗殆尽的。不过十几年间，我们老张家就有六个活蹦乱跳的孩子被妈妈送到了这个世上。

小的时候，爸爸带回来的一份《参考消息》上有篇报道，朝鲜将战后生了四个以上孩子的母亲称之为英雄母亲。记得当时，妈妈还很是得意，感觉自己就是荣登榜首的英雄母亲。

2006 年，二姐的女儿生了一个可爱的小姑娘，妈妈就此做了太姥姥。太姥姥竟然鼓励着外孙女以后想办法再生一个。妈妈说这话时我没有在场，否则又要生她的气。许多年了，我对清贫的父母糊里糊涂地一气生了六个孩子，始终有发泄不完的怨气。我宁愿不存在这个世上，也不要看到他们为生养众多孩子而过着艰辛的日子。况且，我多余地来到世上不知给多少人添了乱，我内心仿佛有感不完的恩，谢不尽的罪。真够烦的！

妈妈在我出生的那一年，接到了下放通知。她很听组织的话，停止了汽车修理工的工作，作为下放对象，一下子变成了家庭妇女。妈妈至今还为此奇怪，为何车间里单单就把她下放了？好在下放就下放吧，却没有像其他家庭那样，被要求举家迁到农村老家。长大后我始终觉得，是因为我的出生让妈妈失去了正式工作。

没有了工作的妈妈，在我十个月的时候就给我断了奶。然后，她做了一个背包，将我装在包里面，背在她的背后，衣兜里揣上两个馒头，就开始了临时工的营生。妈妈不给我讲更多的细节，只是说我跟着她受了许多苦。

那时妈妈只有二十八岁，正是现在的女孩子灿烂夺目、光彩照人的年龄。何况妈妈又皮肤白皙、天生丽质。然而很快，妈妈的美丽，就被早生的五个孩子（小弟弟还未出生）和砸石子的嘈杂声加满天飞舞的粉尘淹没了。妈妈说，砸一方石子只能挣九毛钱，所以妈妈要不停地挥舞手中的榔头。妈妈知道，九毛钱可能就是一家七口人一天的饭菜钱哦。时常，妈妈没有那么走运，轻易就能拿到这九毛钱。有时会遇上个恶人，不仅少算石方量，还会以各种理由克扣妈妈一天的工钱。

我想象得出，劳作了一天，却分文未得的妈妈，心情一定比灰头土脸的外表更为凝重。她会委屈得哭泣吗？她会抱怨命运不公吗？她会后悔嫁错了人让她受这份罪吗？

相信妈妈不会哭。尽管妈妈心情沮丧，脚步却是匆匆的，因为一家人还在等待她回去，因为背上背着饥饿、哭泣的我。二姐说，我小的时候，是个非常能哭的孩子。我想，肯定是我在妈妈吃地瓜干的肚子里时，就与饥饿打交道了。而我对抗饥饿的唯一本领就只有放声大哭了。如今的我依旧能哭，这都是打小落下的毛病。

相信妈妈不会抱怨命运不公。妈妈说不定不懂得什么是命运？妈妈常说，她能跟爸爸离开黑龙江老家，一路走南闯北，要比她的弟弟妹妹们享福多了。

相信妈妈也从没有后悔过嫁了爸爸。爸爸妈妈的结合，是再简单不过的旧式婚姻，没有恋爱过程只有婚姻结果。而在他们漫长的五十二年婚姻岁月里，爸爸就是妈妈心中的神，是妈妈头顶的天。忠贞不贰，白头到老，这就是妈妈朴素的爱情观，也是妈妈一生的精神追求。

曾经的我少不更事，在姐姐们纷纷嫁人之后，家里陡然的冷清，让我听到了爸爸妈妈之间发出的不和谐声音。当妈妈谨慎地向我诉说时，我自以为是，对妈妈哀其不幸，怒其不争。我说你干吗不离爸爸远点？你就晾他几天，看他还敢无端发脾气不。妈妈却对我瞪着眼说，你不懂。

我是不懂，因为这几天的饭桌上，往往会多出几盘爸爸爱吃的菜，一壶温好的酒，还有妈妈小心翼翼的笑脸。

我成家做母亲之后，再遇到他们之间发生摩擦，我会见怪不怪，多少懂得了一些。父辈们的婚姻，多属于味同嚼蜡，甚至没有丁点的爱情可言。但是，相濡以沫、同甘共苦的日子，打造了他们水乳交融的亲情。这比浪漫的爱情更可靠，更值得信赖。即使有时风雨飘摇，但不会多久，就会乌云散尽又见彩虹。

有一次，爸爸突然一个人拎着行李来到我这里，他表情阴郁，仿佛天塌下来。我不敢多问，快速地给他做饭炒菜。酒、菜上桌后，爸爸拿起筷子，一口没吃，先长叹一声。这一声叹得我心里发毛，以为饭菜不可口，或是什么事没有做到位。爸爸却说，我要在你这里住一段时间，躲开一些烦心事。我忙说没有问题，想住多久就住多久。

那些天，我换着花样给爸爸做好吃的，然后陪他散步聊天。爸爸沉默寡言，情绪低落。我都急得快发疯了，也不见他脸色转晴。几天之后，妈妈来了，为爸爸带来换洗衣服，日常用品，然后不言不语围绕在爸爸身边，做饭、端茶、备酒。爸爸这才由阴转晴，逐渐和颜悦色起来。这就是他们共同生活堆砌的日子，形成的惯性，尽管时常闹别扭，其实他们是分不开的。

在我出生之后的五年里，妈妈砸过石子，筛过沙子，推过一车九百斤重的焦炭——一天三班倒地为炼钢炉运送焦炭。妈妈说，后来在修公路时，有一天实在劳累困倦，短暂休息时，躺在路边的石堆上竟然睡着了。醒来时悲剧发生了，妈妈的脸因为受凉歪曲了。这件事我似乎有些记忆，我仿佛记得妈妈的漂亮面容，有一天突然变得可怕、陌生了。而且，经常有细细的一根一根银针扎满了妈妈的头部和脸部。吃药针灸了很长一段时间，妈妈才恢复本来的容颜。这期间，我们家从我的出生地济南辗转到了太原，再到陕西华山脚下的桃下镇，全家才算安定下来。妈妈终于可以继续她的汽车修理工作了。

我一直感觉，读书不多的妈妈很了不起。因为妈妈能将一辆大卡车，大拆大卸，时间不长还能再将它复原，就跟新的一样。那时候，我家常有小块的吸铁石，或是半个砂轮什么的。当年在孩子眼里，这都是稀罕宝贝，那是妈妈工厂里用废的东西。吸铁石被我拿去，一遍一遍埋入沙子里，取出时上面沾满了细细的铁砂，很神奇。吸出的铁砂放一张纸上，用吸铁石在纸下挪动，铁砂跟着挪动跳舞，更神奇。那半个砂轮，则是家里用于磨洗高粱米表皮的最好工具，时常被邻居们借来借去。

妈妈说，她修理的最有难度的车是“泰脱拉”。我不懂这是什么车，竟能难倒妈妈。我觉得“泰脱拉”这三个古怪的发音，被妈妈轻易地滑出嘴边，妈妈就很令人惊叹了。

但是，爸爸不这样认为。虽然家里的各类东西坏了，或是需要安装什么，大都是妈妈来解决，爸爸还是没有觉得妈妈有什么了不得。爸爸说，你妈她就能干些粗活。爸爸还说，他看到窗后的空地杂草丛生，刚说要是种上一地的花就好了，妈妈立即就动手除草翻地。

“忙碌了一下午，到头来还是得由我来侍弄花草。还有家里的鹦鹉也得我来喂养。细活她是干不了的，就像家里搬个东西她有劲，但是，却不会清理房子。她要干起活来，我得跟着她收拾，不然就乱成一团。送你妈两个字最合适，就是‘邋遢’。”

我在一旁听了笑，我说，我妈的邋遢有继承人呢。这个继承人指的当然是我自己。严格讲我不是邋遢，是爱乱放东西，然后满世界找东西。

其实爸爸心里很明白，妈妈也有细致的时候。多年前，妈妈用很规范的姿势拿起狼毫毛笔，写下一个个工整有力度的小楷字时，总让我对妈妈升起一份除母亲之外的敬意。

爸爸生病最后的日子，妈妈夜夜守在他身边。不能自己翻身的爸爸，每一次被妈妈有力的臂膀抱翻转身体后，妈妈还要用双手不停地轻轻拍打爸爸麻木的腰身。 这一重一轻的两种力量使用，是我们做女儿的难以做好的。

今年的清明节，出门远行的妈妈赶回来了。 我们一同为爸爸扫墓。 之后，是过爸爸的两周年忌日。 看着墓前正在茁壮成长的两棵柏树，妈妈心里有了些许安慰。

这段日子，只要有时间，我就经常回家看望妈妈，感觉娘家终于从很远的地方又迁回西安来了。 每去一次，我都给妈妈拍很多照片，其中妈妈忘戴假牙、很显苍老的一张，被我悄悄删除了。 我心中的妈妈，永远像她二十八岁那样，健康而美丽。

妈妈说，明年清明后，她可能还要出去走走。 我听了，心里突然有种震颤，妈妈所走的路线，不正是爸爸曾经拖家带口带领我们全家走过的路线吗？！ 妈妈的出门远行难道是在追寻共同生活了五十二年的爸爸吗？ 也许妈妈以为，爸爸不过是像早年的那次一样，只是想躲出去几天，一个人清静几天。 然后，他在等待妈妈找到他吧？ 到那时，他们又会一同牵手回家呢！

我的女儿常在我遇到困难、一个人难以支撑的时候拥抱着我，对我说：

“有妈妈在，家就在。”

而我妈妈的再次出门远行，意味着我们六个儿女的娘家又要经历居无定所的漂泊了。 现在，我也很想学我的女儿，对妈妈说一句：

“有妈妈在，家就在！”

“瓜女子”的坚持

我认识一个作家朋友，他从当年下乡做知青起开始写日记，一写就是三十多年，一天都没有间断过，听了令我心生敬意。三十多年的日记本，摞在一起，我想象着大概得有等身的高度吧。看过他回顾“四人帮”倒台前的那一段历史的文章，冷静而翔实，其实就是他的日记摘抄。他说，日记几乎就是他的写作蓝本，所以，才有他看似轻松的陆续发表三百万字的作品量。

我在钦佩他几十年如一日写日记不辍的同时，也为他的另一种坚持惊叹，因为他使用的日记本，也固执地都用同一种规格。就是“文革”期间流行的、五十开大小、套有塑料封皮的那一种。目的是为了便于保管和收存。想一想，三十多年来，我们的社会发生了翻天覆地的变化啊，日记本的生产怎么可能恒久不变哦！于是，为了买到相同的日记本，他甚至不惜到古玩市场和旧货市场去淘找——包括找回旧时的记忆——这也成为他生活中乐此不疲的一件事。就连他一个十分要好的同事为其锲而不舍的精神所感动，也多少年如一日，四处为之搜寻这种日记本。

完成一件事也许容易，但是把一件哪怕简单的事坚持不懈地做下去就难乎其难了。对于这位作家的行为，我只有钦佩的份。很多事情，我常常是随意的率性的，想到了就做，没有兴致了就不了了之、半途而废。

就拿锻炼身体来说，即使功利性很强，目的十分明确，也难以使我葆有这份恒心。

当有一天，发现自己的身体像发糕一样膨胀起来，不能再像以往可以随心所欲挑选自己喜欢的衣服款式穿戴时，我才意识到健身锻炼的重要。于是，我开始就近到西安东门外的城墙根，坚持每天清晨跑步。从被窝里起床时，尤其是寒冷的冬天，需要很大的毅力才能战胜自己的懒惰。每天，我都要跟自己较着劲，强迫自己跑在城墙根川流不息的晨练人流里。

跑步持续了大半年，感觉自己真的有点身轻如燕了，身体和毅力都经受住了考验。于是蠢蠢欲动，妄想参加一年一度的西安马拉松比赛。但就在这时，有同事鼓动我和她一同打羽毛球健身。这当然比枯燥的一个人傻跑有趣多了，也不必那么辛苦地早起，工作间隙就玩一样把身体锻炼了。这真是一举两得的好事。可惜，不久那位同事离开了编辑部，羽毛球场地也被挪作了商业出租。最主要的，我也搬离了东门，锻炼的事就被我以上班路远身体疲惫为由暂时搁下了。

2003 年，就是遭遇“非典”那年，在北京鲁迅文学院学习时，我跟随主编班的同学跳过形体操，学过打乒乓球。

回到西安，住进三十一层高的住宅时，我一度不坐电梯，拾级而上走楼梯。练到十分钟不到就能一口气进入高楼的家门后，我又以楼道通风不好空气污浊为由不再费那个力气了。

2005 年，在中共陕西省委党校青年干部培训班学习三个月，我又认真地跟体育老师学习了二十四式太极拳。在家里的空地上，每天练上四五遍，结果，也就坚持了两个月的光景，仍旧不了了之。

后来，又迷上了瑜伽，饶有兴致地买了这方面的书，每天艰难地在床上折腾。由于做起来难度太大，人人仿效的瑜伽还是忍痛放弃了。再后来，我在家里原地跑步——怕影响楼下人家，就用一块椅子坐垫放在地上垫着跑。再再后来，我跳有氧操。然后，然后……总之，锻炼的花样繁多，我却没有一样坚持做下来。

这让我想起杨争光另类诠释《守株待兔》的故事，想象那个“守株者”顽固地坚持守下去，难道不也能守出一种执着的境界吗?

1993 年，我接到母校——西北大学老师发给我的一封信函，告诉我中文系将招收在职文艺学研究生。我向来是听老师话的乖学生，也许老师给很多学生发了这类招生的信函吧？但是，我却天真地认为这是老师对我一个人的信任和偏爱；加之那时走出校门七八年了，再回母校重温学生生活的愿望也在蛊惑着我。于是，头脑一热，就用为企业采写报告文学辛辛苦苦挣来的五千多元稿费报了名。那可真是我的血汗钱啊，当年也真不是一笔小的数目。

两年时间里，每天清晨冲锋陷阵一般，我骑着自行车，从家里出发，二十多分钟的快马加鞭，大汗淋漓地进入学校，准时坐在临时为我们安排的课堂上，认真期待着老师们的谆谆教诲。其实当时老师所讲的内容，和我上大学时听到的没有太大差别，我甚至感觉，有些老师手中已经发黄变旧的讲义和教科书都似曾相识。但是，我还是很珍惜这个学习过程。学习期间，我没有缺过一次课，哪怕是最乏味的老师讲的最无聊的内容，我都认真地做了笔记。

两年后，我以优异成绩只拿到结业证书。这时才知道，要想拿到文艺学硕士学位，还有许多的路程要走。先是费了九牛二虎之力，考了两次才通过了英语考试；然后，在炎热的夏季里翻找资料，撰写毕业论文。那时没有电脑，全靠手写。我完成初稿，抄写一遍，再到街道找一家打印部付费打印。完成了，兴致勃勃交给学校，却告诉我打印装订要求统一规格，只能在学校指定的打印部完成。于是，花的钱白扔了，又得重新来过。待全部按规格完成了，上交了，做美梦一样，翘首等着通知我去论文答辩。然而，等待了一个学期快结束，却杳无音信。询问原因，有说这的，有说那的，却没有一个人能给我准确答复和合理解释。时间就像流水般在我的身体和额头上滑过了。等待，再等待，使我失去了拿到最终结果的兴致，也使我两年的辛苦付之东流。最终，我的亲爱的母校等于把我涮了一把，各个部门踢来踢去，硕士学位终于还是给踢没了。最重要的，到今天，母校也没有一个让人信服的理由给我。道歉是更不用说了。

有的事是我自己没有坚持做到底。有的事，不是我不想坚持做到底，而是我没有能力左右事态的发展。就像我曾经热爱生命一样热爱我干了二十多年的文学编辑工作，突然有一天，硬是逼我被迫与这份热爱割裂开来，还往我伤口上撒盐。一时间，真有种生离死别的感觉。昏天暗地了好长时间，那些日子，真的以为全世界都抛弃了我，也以为我将走不出这份悲哀绝望到极点的情绪。待我逐渐平静下来，我听从了命运的旨意，我懂得了，不是任何一件事都可以有坚持的空间和坚持的理由，即使你空有一腔热血和为此献身的勇气。

前几天，和几个同学闲聊。谈起各自不同的坚持和努力，有同学调侃说，这些年，什么都没有坚持下来，只有吃饭睡觉坚持下来了。笑过之后我就想，还有一样我和很多人一样在努力坚持着，就是坚持做个好人，做个善良人，做个宁可人负我、我不负人的人。也许坚持始终会很难，但是，凡事都有惯性，做惯了好人，做恶人也难。记得上大学时，宿舍里有个同学和大家闹别扭，晚上睡觉时故意把收音机音量放得很大，吵得一宿舍人睡不着，她自己却睡得很坦然。我当时气愤至极，本想将她的收音机关掉，但是一瞬间有了邪念，我只把音量关闭了，结果，让她的收音机耗电一夜。这件事虽然过去了二十多年，但是，我却为那一瞬间的小小使坏惭愧到如今。

其实，对于绝大多数人来说，都有坚持做个好人的惯性。我自认坚持得还很努力，虽然，在坚持过程中时常受到伤害，但同时也时常受到保护。伤害我的人往往还以为我“瓜”，以为我蒙在鼓里凡事不懂。所以，听到朋友们对我的善意评价，更多的说我是个“瓜女子”。说我这个“瓜女子”经常“瓜”得可爱，“瓜”得坦荡，“瓜”得乐观，也“瓜”得糊涂，“瓜”得不懂算计。想想这样的“瓜”也没有什么不好，人人都那么精明，那么工于算计，这世界成什么了？也许，我还应该把“瓜女子”坚持做下去。

我爱厨房

小的时候，我在厨房里的角色，是拉风箱的。我坐在一个小板凳上，右手呼嗒呼嗒拉着拉杆，左手执一小铁铲往炉膛里添煤。现在的孩子已经想象不出风箱是什么东西了，前几年，偶尔在巷道里，曾见到爆爆米花的人，手里呼嗒呼嗒拉着那种风箱。

在我拉风箱的时候，妈妈或者姐姐们正在高我之上的锅灶上忙碌，我心里就很是羡慕、向往，渴望哪一天能站起来在厨房里大显身手。

终于有一天，风箱改为电动鼓风机了，我因此“失业”了。妈妈为了让我再就业，提前开始了对我进行厨房职业培训。记得第一次学做饭是蒸馒头，当时面案跟我的肩膀差不多高，妈妈就让我站在曾经坐着的那个小板凳上。面已经发酵过，也被妈妈放了适量的碱面，我的工作就是将分成小块的面团揉成一个个馒头样，这令我很是兴奋。整日在厨房里看妈妈姐姐们揉面，以为那面团是好摆弄的。自己上了手，才知道，即使是柔软的面团，也有坚忍和韧性，不是那么好摆弄好欺负的。就像令人赞赏的有些人的性格。

当我手、脸还有身上都沾了面，但终于揉完了形象欠佳、站立不稳的十几个馒头时，我很有成就感，第一次享受了厨房带给我的快乐。之后几年随着姐姐们陆续工作、下乡、结婚出嫁，我成为厨房真正的主人。1981 年我参加高考那年，有几个月的时间，妈妈带着弟弟回东北老家探亲，家里只有我和爸爸两人，我边复习边为爸爸和我做饭。高考那三天，我早晨起得很早，为自己煮两个鸡蛋，再备一点咸菜和主食，然后和同学坐班车赶往华阴县县城的考场，中午就吃我带着的东西。

过去经济困难食品匮乏的时候，一个冬季能吃的菜，除了白菜就是土豆。所以我过去做得最多的菜，就是粉条炖白菜，或者是炒土豆丝。偶尔，为爸爸下酒炒一盘蒜苗炒鸡蛋，自己蹭着吃点，就让我觉得是在过年了。有一次，发现家中有核桃，我忙不迭地砸了几个，然后想都没有想就丢进正煮着的大米粥里，结果因为核桃仁外皮又苦又涩，我熬了一锅苦粥。爸爸安慰我，一再说好喝好喝。这样的蠢事我干了不少。记得我过十六岁生日时，家里没有人想起，这个不起眼的小板凳式的人物，还有过生日一说，只有我自己想隆重地慰劳一下自己。那天，我买了韭菜，和了面，打算烙韭菜盒子。我把韭菜切好，放了盐和五香粉，然后就把很珍贵的两个鸡蛋打散之后直接拌进了韭菜馅里。待第一个韭菜盒子出锅，馋得我伴着口水，火急火燎地几口就吃了下去，却没有吃到一点鸡蛋。下班回家的妈妈才告诉我，鸡蛋是要事先炒出来，才拌进馅里的。

现在市场繁荣了，只要有钱，想买什么蔬菜市场上基本都能买得到，但我每天匆忙之间，只会做几样工作快餐式的简单饭菜。所以，自己口口声声爱厨房，爱做饭，但厨艺却一直没有长进，尽管很爱看电视上介绍做饭炒菜的节目。2006 年，歌手林依轮走进了中央电视台《天天饮食》的厨房里。我每天都很认真地跟他学习着，有时早晨看过中午就实践，但做过就忘。到头来仍然还是只会烧那么几样菜。遇节假日休息，有时间了，想精心做几道新鲜的菜点，于是拿出菜谱，照猫画虎地忙乱一通，却时常不是味道不对，就是火候过了。而且，这次做了，下次程序或配料又忘记了。直到现在，光一道酱香茄子，我还是做一次就要看一次菜谱。

我的好友芬，大学毕业的时候，连红烧鱼都不会做，但是现在，做起西餐来亦如行家里手，牛排、沙拉、罗宋汤一道一道往上端，看得我心里惭愧，感觉真是枉爱了一回厨房。另一个好友辉，2005 年我们西北大学 1981 级中文系毕业二十年的同学聚会，她专程从深圳赶回来。在一同去陕北的火车上，这个当年工作时吃在食堂的人，为我们讲述如何煲汤。主料、佐料、程序、火候等等竟讲得头头是道，就像一个专业的巧厨娘，听得我瞠目结舌，心服口服。

有一次，我在家里招待一个远方来的亲戚。亲戚爱吃面，而我是最怕做面食的，尤其不会擀面条，总认为那是一项浩大的工程。为了满足他，也为了避免我做出“豆腐渣工程”——我改为做拨面鱼鱼，也就是陕西人称的“老鸹靥”。我用炖好的鸡汤下面，汤里放进了炒好的豆角丁、土豆丁、胡萝卜丁、西红柿、豆腐干、黄花菜、黑木耳等。本来我可以表现得很完美，但是，却不小心在拨面鱼鱼时烫伤了手，忍痛之下，拨出来的鱼鱼便大小不一，有粗有细的。偏偏我的这位亲戚直言直语，知道我烫伤了手，也不懂得心疼，还边吸溜着大小不等的面鱼鱼，边挖苦我说：“我总听说你很爱厨房，怎么没有看出来？”我不服气地回他，爱厨房就一定要有厨师的水平吗？我也很爱这个国家，难道我只有当了皇上才有资格谈爱吗？

因为爱厨房，每每上街逛商场，我对色彩纷呈的服装商城不是很感兴趣，却专爱在摆挂了各种厨房用品的货架前驻足。越来越多方便于做饭的小巧工具出现了，看得我兴奋不已。但很多时候，我也只是看看而已，买的时候很理性，简陋的厨房根本容不下那么多的稀罕玩意。2005 年去德国时，同行的同学光“双立人”的德国菜刀就买了好几把，那可是五十多欧元一把噢！我那天只花了十四欧元买了两个指甲刀。同学怂恿我买菜刀，我很得意地告诉他们，我已经有这个牌子的菜刀了。那是早几年我的好友芬夫妇送给我的——我早已享受了“双立人”菜刀的轻便和锋利了。

前几天，与一个三十多岁还没有成家的女孩子聊天。她很苦恼每天的吃饭问题，家中的厨房几乎闲置着，街上的大小餐馆成了她的厨房。她听到我说把做饭当作乐趣，当作喜好，很是惊讶、很是不理解。她静默好久，然后感伤地对我说：“你是因为给所爱的人做饭，才在做饭中产生了快乐感觉。当做好饭菜端上桌，和你的女儿一起聊天吃饭时，情感就融进了饭菜的味道里，自然就其乐融融。你试试看，待你的女儿考上大学，或远离你去了外地，整日整日就你一个人，你还有心情看着菜谱，精心做饭吗？恐怕你连厨房都懒得进了。”

会是这样吗？她所描述的我的前景就在不远处。这回轮到我感伤静默了。

最后一块煤

这是一篇命题作文，出题的是我的女儿。她一定要我写，因为她现在苦于迎接高考，无暇顾及其他。

“二月二龙抬头”那天，我们租住房的取暖炉用完了最后一块煤。这最后一块煤并没有什么特别之处，不过是很普通的蜂窝煤，它没有比其他的煤多一个眼，或者少一个眼，只是命运使它成了这个冬天的最后一块煤而已。人类历史上影响最大的科学家牛顿曾自谦说：

如果我比别人看得远些，那是因为我站在巨人们的肩上。

看到牛顿这样的话，不由得会联想起金字塔塔尖上的那最后一块石头。

生活中有很多“最后一个”，或者人或者事。比如王朝统治走向末路的最后一个皇帝，比如失去土地和家园的美国土著印第安人最后的保留地，还比如在一场战争结束前被最后一颗子弹击中倒地的士兵……

最后一个，有幸运的，也有晦气的。被人们顶礼膜拜的佛像，是一路踏过默默地做了铺垫的铺路石；又经过千刀万剐最后一块矗立高处的石头，但是他幸运地“立地成佛”了。但在一片混乱厮杀中最后那个把刀举过头顶刺向对方的人，则可能因这最后一刀置人于死命而难逃法律制裁。

事物有开始，就会有结束，自然就有可能出现第一个或者最后一个。

我这样开头来写曾给我们温暖的最后一块煤，女儿看到会说我写跑题了。的确，离她命题的本意相去太远。好在我不再参加决定命运、惊心动魄的高考了，不然我的高考作文会不及格。因为高考的作文在我看来其实是很“八股”气的，不合它的套路或者规则就得不到高分。我从来不敢贸然辅导女儿作文，我看好的她的作文，却从没有过好成绩。而那些充斥着大话、套话、空话的作文，却很得老师赏识，我搞不懂。

女儿对最后一块煤的怀恋，其实是对一段生活的怀恋。搞不懂这孩子，小小的年纪怎么就有如此沉重的怀旧心理。

取暖炉是我们搬到租住房的第二年安装的。刚搬进来的那个冬天，我们俩体验了一场深入骨髓的寒冷，我们真是被冻怕了。在第二个冬天还没有来临时，我就去日用杂货商店购买了炉子和炉筒，小店的老板帮我送上了楼，却不管安装。因为烟筒要穿过两个玻璃窗。我再次下楼，与玻璃店的老板说，要割两个玻璃洞，老板张口要价二十块钱。没有还价，我应允了。但是，待他的小伙计上楼来，把玻璃洞割得不圆不扁还造成一块玻璃破裂后，居然开口宰人，说是一个洞二十块钱。我气得真想抽这个还挂着鼻涕的毛头小伙子一巴掌——关键不在价钱多少，而是信用问题。而且，这个不诚实的小伙计品性值得怀疑。

接下来就是安装炉子了。 我肯定我继承的遗传基因里，我妈妈的成分要多一些。 做过汽车修理工的妈妈，女红做得好，家里体力活和安装什么的活，她也做得非常好，而且妈妈很有韧性。 当然妈妈命很苦，这一点我也继承了妈妈的衣钵。

我深呼吸一口气，就开始爬高摸低，在人字梯上上下折腾起来。 费了牛劲一节一节接上炉筒——就是烟囱，钉牢了固定炉筒的钉子，拴上铁丝捆扎。 忙乎了整整一个星期天，肯定不如我妈妈的手艺精巧，但是总算把炉子安装好了。 我在日杂品小店的一位顾客处得到一家煤店的电话，打去说了要买的蜂窝煤数量，也得到了蜂窝煤的价格：每块煤两毛三，送上楼要两毛五。到时送煤人会和我联系。

放下电话，我一阵感叹，现在多好，社会分工越来越细，一个电话就可以解决很多问题。 记得好友杜在刚离婚时还发愁，今后体力活没有人可指望了，不久她就发现这实在是杞人忧天。

炉子生起来了，家里顿时温暖了许多。 但从此，我和女儿的生活也多了一件必须随时操心的事——每天，无论谁先回家，最先照看的就是炉子，看它灭没灭？ 然后打开炉门、夹出煤渣，换块新煤。 离家时彼此也会互相叮咛，加两块煤把炉门封好。 去年冬天，再次生起炉子时，煤气不走烟囱出去，倒灌进屋子来，屋里充满了煤气味。 我们俩忙卸下烟囱，一节节检查，最后发现，伸出窗外的最后那节烟囱里面蓄了许多干草和羽毛。 我曾看到麻雀飞进飞出，我听之任之，没想到它们已经把那里当家了。

最后一块煤熄灭之后，到今天我也没有把炉子及时拆卸下来。 而女儿之所以不断强调“最后一块煤”，我知道，除了她怀念每天关照操心炉火的温馨生活，也对我们今后的新生活寄予了一份期望，以为以后的冬天，我们可能会告别生炉子的窘迫日子。

女儿怀旧，家里与她生活有关的许多旧东西，就在她的依恋中被保留下来，越积越多。多到有时很难安置。

20 世纪 80 年代末抢购风时，我用女友乃霞送给我的很难得的一张电视机票，花高价买下一台电视机，算起来它与女儿的年龄相当。住进高层塔楼之后，这台电视机退休闲置在我妈妈家。在我们住进租住房时，我从我妈妈那里搬来桌椅锅碗瓢盆等，也一同把这台旧电视机搬了来。但它确实很老迈了，只能勉强收看到几个台。

2006 年夏天时，我的经济状况稍微可以喘口气后，便下决心奢侈一把，花六百多块钱买了一台新电视机。我要将旧电视处理掉，却遭到女儿的坚决反对。她说，她的美好童年看的许多动画片，比如《巴巴爸爸》《猫和老鼠》《樱桃小丸子》等等都是从那台电视机里收看到的。况且，旧电视机还陪我们度过了在租住房最艰难的日子，不能“忘恩负义”就轻易把它丢弃掉。于是，旧电视也被留了下来，摆放在新电视旁边。

女儿时常怀念小时候在省作协院子住的日子：秋千、雪人、鸟鸣、雨打树叶的沙沙声；被路遥“咬”胳膊的保留节目；拿几个大枣换毛毛阿姨的布猴玩；比她大的美美姐姐教会了她骑自行车；比她小的和和妹妹满足了她做姐姐的虚荣。当她看到在大洋彼岸生活的和和现在的照片，总在长大的和和那俊俏可爱的脸蛋上，寻找小时候熟悉的印记，然后生出几分忧伤，担心长久的天各一方会抹去许多美好记忆。女儿还和小学、中学的同桌女同学保持着频繁的往来和牢固的友情，以致我和这些同桌同学的家长也成了好朋友，过节时会聚在一起，或者吃饭或者出游。

女儿的怀旧心态既让我欣慰，也令我担忧。如果凡事拿不起放不下，从过去的生活里走不出来，会使一个女孩子遭受许多烦恼和痛苦。而且，我更担心在今后的某一天，女儿突然带一个男孩儿到我面前，然后对我说，他是我中学时同学，我们要好了多年。因为担心，我经常察言观色，旁敲侧击，明里暗里想问出个子丑寅卯来，但是女儿表现得很自然很坦诚，没有什么“蛛丝马迹”可寻。

当妈妈的角色有时候挺讨人嫌的，我知道，但我又不由自主。我还知道，无论今后女儿经历什么，走出多远，她心里都会装着妈妈，时过境迁，她照样会时常回到一座老房子里，在旧沙发上拥抱着那时已经白发苍苍边看电视边打瞌睡的老妈。

写到这里，女儿看到了最后一句，她说，我的妈妈永远不会这种状态，即使满脸皱纹也是年轻美丽的。

哪个女儿眼里有丑妈妈呢？

一段能“作”的日子

“作”——本文中念平声。在十冶，我父母工作的单位，几乎都是东北人，这样的环境里，“作”这个字使用的频率很高。

小时候，当我们不懂事、能闹腾、调皮捣蛋，或者做事不争气、不安分、行为举止表现极端的时候，大人们常用这个字来训斥我们——“作”！女作家张抗抗创作了长篇小说《作女》，当中有她对“作”的解释：

我居住在北京，老家在浙江，而且又与东北保持着联络。三地奔波久了，我发现了一个问题：在这三个地方，民间的方言口语中，都有“作”这个字儿。这个“作”字过去一直是男人用来指责那些不太安分、能折腾的女人的（包括爱闹的小孩儿），基本是一个贬义词。

无论这个字是否只是男人针对女人的性格、行为极端的指责用词，我自己可是在这个字的声音里长大的哦。

其实，我小时候很听话，一直看大人和哥哥姐姐们的脸色行事，让我去东，我肯定不会向西。但无论怎样小心翼翼，肯定也有做得不能让他们满意的时候。比如没有带好弟弟，偶尔在外玩忘了时间回家吵醒熟睡的家人，比如自己瞎鼓捣做饭，放多了佐料或者乱了程序导致饭菜浪费，等等。这时，就会得到一声高过一声的训斥，其中得到最多的就是“作”。有时被训得满腹委屈，却从来不敢顶嘴或是为自己辩解开脱。偶尔，错误得到特赦有了申诉权，因为恐怕失去难得的表达机会，便激动得控制不住说话的音量，所有的话仿佛从腹腔一股脑往嗓子眼涌。本应该很有底气的申诉，可话和话在拥挤当中就打起了架，等到传送到哆嗦的嘴唇时，就使那些话语变了音调。

我现在跟人说话好激动，大嗓门，不会压低声音说优雅的悄悄话，肯定就是那时候落下的毛病。但是，在我最能“作”的时候，我的家人却没有对我说过一次，而是全力支持了我，生怕我受到一点委屈不能坚持将“作”进行到底。

1980年，我差了七分高考落榜。那时候，不像现在这么复杂，没有一二三批本科这一说，只有重点大学和非重点大学之分，我的这七分之差，就是没上大学录取分数线。这其实是在意料之中，因为这一年，我从心理和行动上都轻视了高考的严峻性。复习时的题海战术，每一次我做得都很顺利，除了英语让我始终担忧，其他科目经常在不间断的考试中得到高分，这让我感觉高考中榜是轻而易举的事。临近高考的那半年，每天晚上我书桌上的台灯都会亮到一两点，但是，别以为我是在刻苦用功，其实我趴在桌上已经进入梦乡周游很久了。

高考落榜对我是一个沉重的打击，但是我却没有真正认识到问题出在自己身上，而把责任都算在十冶子弟学校的教学质量上。事实上，我们的老师都非常优秀，他们都是“文革”前毕业的大学生。有的是家庭遭遇迫害流落在十冶学校的，有的是被辗转安置分配在那里的。很多老师的教学水平和能力都相当的强。在我两年的高考前后，他们当中许多老师陆续被西安的重点中学挖走；还有的在政治问题平反之后，陆续走上了高校的讲台。

这些足以证明我们老师的优秀。当年只有十七岁、鼠目寸光的我认识不到这些。但我的决心很坚定，就是一定要考上大学，离开十冶那个环境。我和另一个报考外语学院、也仅差几分落榜的女同学兰，心“大”的感觉十冶无法盛下我们。我俩走火入魔一般，一心要离开十冶子弟学校补习班，迷信外面的和尚会念经，非要去一所保证我们能顺利考进大学的中学读书。

我们托熟人找关系好不容易进了华阴县的岳庙中学。

这所学校虽然位于华阴县城里，又是住校，但是这里的老师和同学与乡村有着无法隔断的血脉联系。很多同学每周回乡下一次，从家里带些干粮——大饼、馒头还有苞谷面窝头，然后就着辣子、咸菜，喝白开水就是一顿饭。学校食堂保持着乡间的习惯，每天上午 10 点，下午 4 点开两顿饭。我和兰在岳庙中学只上了一周的课，就仓皇逃离了，我们是被饿逃的。每天 6 点起床开始上课起，我们俩就盼着 10 点钟那顿饭；饭后接着上课，又开始盼下午 4 点钟的开饭铃声响起；最难熬的还是晚上，我们要一直在饥肠辘辘中上晚自习，等硬忍着回到大通铺的宿舍，上了床继续饿得我们眼前金星闪烁难以入睡。加上那里的老师用一口陕西关中方言讲课，我们饥饿的肠胃直接导致了大脑的反应迟钝，很难听懂老师的讲课内容。

无奈，只好回到十冶学校，母校和老师很友善地接纳了我们。但是我和兰并没有就此罢休，继续着我们的“作”，开始寻找另一个“会念经的和尚”。其间，我妈妈的徒弟带着我们去过华县的柳林中学，因为和岳庙中学一样的作息时间而作罢。我还自作主张给在杭州的二姑写了封信，希望能到杭州去补习。好在二姑一家亲戚观念很淡薄，没有把我的话当真。后来知道，二姑家的孩子没有一个是正经大学毕业的。1992 年冬天，为了我父亲的嘱托，我出差时绕道杭州去看望二姑。与我同年的表妹冷漠而且高傲，连看我一眼都嫌累了眼睛，不禁让我倒吸一口凉气，庆幸当初没有跋山涉水“作”到千里之外去自找苦吃。

前几日和大学同学聚会，谈到当年高考经历，当年应届考上大学的同班好友笑我：你不如你女儿哦，你女儿应届就考上大学了。

我听了并未感到难堪，还美滋滋地回答：是啊是啊！我是补习生！

转眼就过了 1981 年的春节，离高考不足五个月了。没有停止“作”的我和兰，春节过后再一次离开了十冶，离开了华阴县桃下小镇。十冶学校教我们的语文老师——李家苞先生，当时刚刚调到西安统计学院（现在的西安财经学院）任教不久，就为我们联系好了西安市八十五中的高考文科补习班。接到李老师的信，我俩就毫不犹豫地乘火车赶到了西安。

顺利在八十五中补习班报了名，住的问题却无法解决。忘记兰当时住到了哪里。我被我大姐夫的妹妹、已经是陕西师大中文系 1980 级大学生的安平，收留在陕西师大她的宿舍里，与她打对脚挤在一张窄窄的床上。那又是难熬的一周时间。每天我很早就起床了，在师大学生灶带上安平为我买的早点，匆匆步行三站路来到八十五中上课；中午饭就在街上凑合一顿，晚上回到师大住下。

苦恼的不在于每天的辛苦奔波，而是与师大大学生在一起时我无法克服的自卑。走在校园里，我总觉得芒刺在背，仿佛所有人都在用异样的眼光看我这个身份不明的人；在食堂打了饭坐下时感觉自己“鹊巢鸠占”；深夜回到宿舍，人家为了我屏气息声，我则为自己一个“外来户”破坏了人家的和谐快乐气氛而懊恼不已。有一天上晚自习时，他们的辅导员发现，他们班上多了一个特殊的学生。年轻的辅导员态度很和蔼地问我备考的情况，我却如坐针毡，忐忑不安地回答着，感觉那一刻满教室的大学生都在嘲笑我这个无用的补习生。

后来，我考进西北大学，发现西大与师大在学生管理上有太多的不同。西大的学生根本没有辅导员严格管理下的晚自习规定。上课、读书、阅览、自习都靠学生自己自觉完成。西大的晚自习一个突出特点就是，每天晚饭后，我们都要火速赶去一个夜间不熄灯的教室抢占座位，为的是可以多几个小时的自习时间。当然，我们班也有四年里从未进过图书馆阅览室的同学，很多课不见他来上，竟然考试成绩还很好，也顺利毕了业，人家那叫“聪明”，一般人学不来的。

在陕西师大住了一周后，星期天，我坐公交车到纺织城我的大姐家，一进门我就禁不住号啕大哭起来。大姐、姐夫搞不懂究竟是怎么回事，以为谁欺负了我。问了半天，我也讲不清楚。其实，我是被自己自卑的心理给害的，却认为是师大的大学生们“害的”。哭过之后我发誓，我绝对不会再去师大了。要去，我也要以大学生身份，名正言顺地走进师大校园！

就在大姐为我的住处犯愁时，李老师又一次帮了我。学校为他们家分配了三间平房，他将其中一间房子清理干净，安顿我和兰住了进去。

李家苞老师是福建人，因何千里迢迢从福建来到了陕西华阴县的十冶学校教书，我不知道原因。大概就像我们家和许多东北人家庭一样，“为了一个共同的目标走到一起来了”——千里迢迢地落脚在陕西一样。那时李老师还年轻，端正的四方脸，总是挂着谦卑和善的微笑，黑亮亮的眼睛充满了智慧。至今我也没有搞懂李老师是学什么专业的，平时他为我们上语文课，福建腔的普通话说得很好听，朗读课文时，短促的发音使内容更增加了水流的韵律。李老师其他科目也很在行，上自习时，他一个人在，语文数学英语政治历史问题都能向他请教，有时，他还给我们讲解乐理知识。

多才多艺的李老师来到华阴时一直处于生活艰辛的状态。可能因为子女多，常看得到的就有三女一男，师母好像没有工作，全靠李老师一个人微薄的工资养家糊口。一年当中，有三个季节，李老师总穿着一件灰蓝色中山装；冬天，棉衣鼓鼓地被塞在里面；春秋天，里面的绒衣又露出已经毛了边的袖口。

我们住的这间房和李老师一家人住的平房有点距离，李老师每天会过来唤我们俩去吃饭。我们万分感激地谢绝了，我们说我们自己解决吃饭问题，我们不能再给老师添麻烦了。李老师就每天灌满一壶开水送过来，第二天再来换走那个空壶。直到我们离开他们家参加高考，天天如此。

我的人生历程中，有好几位非常关爱我的老师。但可以称得上恩师的，李家苞老师是第一个。考上大学，以及工作之后，每年春节我都去看望李老师，再忙也不落下。我住过的那排平房拆了，李老师全家搬上了楼。眼见生活艰辛的李老师景况越来越好，我心里由衷地感到高兴。但是，李老师也逐年霜染鬓发，高大的身材也有些驼了，这让我看了很不是滋味。

有一年，陕西省新闻出版局在西北大学办主编岗位培训班，我惊喜地发现竟然和李老师一个班。这才知道，李老师在他们学院担任学报主编了。之后我给他不间断地邮寄了很长一段时间我们的刊物。再后来我的生活过得一塌糊涂，没有心情和颜面再去拜见李老师，竟然就这样又过去了好多年。有一次中学同学聚会，我因故未能参加，过后听说李家苞老师那天也去了，当下便很后悔。不过，凭良心说，我这辈子一定不会忘记李老师的。不会忘记当年高考那段“作”的日子。

种桃记

一

桃桃是我的女儿。在她还没有出生时，我就给她取了这个小名。有一点纪念我在陕西华阴县十冶所在的桃下镇生活了十四年的意思。

自桃桃进入我的身体里，我就料定她是个女儿。所以，压根就没有想万一是个男孩子该起什么名字的事。

桃桃出生半个月，要上户口时，还没有想好个大名。一天夜里，我睡眼蒙眬中为桃桃换了尿布又喂她吃了奶，突然感觉要一天天把她养大，将是路漫漫其修远兮，是个多么艰难的工程啊！这样一想，就彻底清醒了，连连自叹做母亲的辛苦。第二天，我就从“含辛茹苦”中想到了桃桃的大名——欣如。然而，待她的父亲从派出所户籍室办理了户口回来，我看到户口本上赫然写着的不是“欣如”而是“欣茹”时，便知道这个名字起得很没水平了——太容易引起笔误。

桃桃上小学前，我只得又去户籍室，为桃桃改小名为大名

“贾桃”了。那个叫“欣如”的“女儿”就这样成了桃桃的影子。填写各种表格时，只要有曾用名一栏，“欣如”就会出现一次。

桃桃来到世上时，我才二十五岁。之前，我是极不情愿做母亲的。我觉得我还是个孩子，我怎么能养好孩子？但是，桃桃不期而至，她来找我了。

起初，我还怀着侥幸心理，以为不会这么容易的。很多急于做父母的不知要多煞费苦心才能把孩子盼来呢。然而，桃桃很坚定地为我证明，我天生就是要做她的母亲的。

确定桃桃已经在我的身体里安营扎寨的那一天起，我突然意识到自己不再是个小姑娘了，我将是小姑娘的娘了。心中有种五味杂陈的感觉，慢慢的幸福的沉重感才随之而来，而身体的沉重感也在逐渐增加。我的体重由五十一公斤迅速攀升到了六十一公斤。但是医生仍不依不饶地说我营养不够，孩子太小了。还说，现在可是两个人在吃饭哦，一定要多吃才行。于是，我听医生话，毫无节制地一通狂吃。

大概桃桃在我肚子里五个月时，有一次，在街上的羊肉泡馍店，我一口气将两个馍馍消灭掉，还吃了很多的糖蒜。回到家，胃里翻江倒海地不舒服，不多时便开始呕吐，又一口气将两个馍馍和一盘糖蒜全部吐了出来。

桃桃出生前，我的体重已达七十一公斤了。那时候，不像现在这样到处可以买到孕妇服，我穿着我妈为我做的一件肥大的裙子，大摇大摆地，丝毫没有感觉难堪地每天坚持去上班。

那会儿的《延河》编辑部是不需要我去坚守的，当时的编辑力量很强大，编辑流程也很规范。可我就住在距离编辑部不足百米的省作协院子里，同事们都能理解我，没有人要求我每天按时上班。然而我还是挺着个大肚子，每天坚守在办公室里，阅读来稿，给作者写回信，直到住院生产前一天，都没有耽误上班。

现在想不来，桃桃在我的身体里时，我的身材变成了怎样的“丑态”？那时候，不兴给自己拍孕妇照，我也缺少点超前意识。但是，我知道，只要是正常的女人，每一个做母亲的都没有为自己挺拔、苗条的身材，突然间变成“水桶”而难为情过。

我在编辑部上班时，有一次，大学同班的一位男生来看我。我从办公室出来迎接他，走在对面了，他竟然没有认出我来！认出了，便是一通大呼小叫——说我怎么能把自己摧残成这个样子呢？

也难怪，我给他留下的是妙龄女子的青春印象，而他那时，尚未结婚，自然不能接受一个好端端的大学女同学，变成了两头尖中间大的怪异模样。

做孕妇的，其实并不像人们想象的那样，凸出的身体有多沉重，有多不灵便。现在，当看到影视剧中那些饰演孕妇的女演员，走路笨拙的样子，好像在移动着一座山似的沉重，我就感觉很好笑——装得太不像了。

不过，当初我也发生过一件可笑的事情。有一天在街上，明明走得很稳当，我却突然间身体前倾地倒在地上。肚子凸出的身体竟然像跷跷板一样，两头不能着地。

后来在路上行人帮助下，我才站起身来。皮实的桃桃竟然安然无恙。

感谢上苍！

二

2009 年的春节期间，上大学二年级的桃桃，独自一人在杭州旅游。

桃桃一个人的出行计划，酝酿了很久——无论是情绪还是时间表。 当时我并没有当真，以为她不过说说而已。 桃桃说，去杭州其实是冲着乌镇去的。 因为看过刘若英为乌镇拍的一个宣传片，从此“乌镇”便魂牵梦绕着她。

2009 年春节前，桃桃放寒假了，又一次提出要去乌镇。 我脱口而出：“是不是失恋了？”桃桃哭笑不得，说我这种感觉一点都不幽默。

我是没有去过乌镇的。 三次的杭州之行虽然都有去乌镇的打算，但是都没有成行。

一直以来我都认为，乌镇是一个容易伤情的地方，或是伤情之后去疗治的地方，是需要独自一个人，将日常的生活放下，人生的步履减缓，然后，在一个秋雨绵绵的傍晚，站在乌镇靠水边的一座老房子的窗户边，闭上眼睛，闻着雨的味道，随着雨的韵律，调整自己有些参差的心跳，感受时间在那一刻的停滞。

我对乌镇的这种感觉从何而来呢？ 连我自己也讲不清楚。但是，有这样的感觉，我就不会轻易去乌镇了。 以后要是真有打算去，也是要一个人的。 因为可以确信，桃桃尚未恋爱，所以我才这样调侃。 那些天，桃桃一个人做着出行前的功课——咨询旅游路线、查询住宿宾馆、买票等等。 当一切准备工作停当，桃桃告诉了我出发和返回的日期。 我听了，很有些为她一个人的旅游安全担忧，知道不可能，但仍从心底里希望，桃桃此行最好能有一个旅伴相随。

于是，我半玩笑半认真地对桃桃说，妈妈现在真想你和你的男朋友一同去。桃桃听了，以为我在旁敲侧击地套她的话，便微笑着很明确地回答我：我现在找一个也来不及了。妈妈你放心，我真的是一个人去。

关于恋爱的话题，我从桃桃上初二时就开始不停地与她谈起了。当时，桃桃借读在一所省重点的企业中学，班主任老师是位刚刚怀孕的准妈妈。开学的第一次家长会，班主任与我们家长讨论的就是早恋的问题。老师说，为了使这个阶段的孩子顺利度过青春期，杜绝早恋最有效的方法就是，以身边失败的婚姻为例，现身说法教育孩子，让孩子深刻认识到早恋对一个人一辈子生活造成的无法挽回的影响。

家长会后，我就现学现卖，用我自己失败婚姻的教训，不停地给桃桃灌输早恋的危害。一讲就讲了七八年。

桃桃现在上大二了，周围很多的同学在谈着恋爱。桃桃自称是“剩女”，却毫无压力地独往独来，而我这个当妈妈的倒是有些沉不住气了。我反躬自问：会不会矫枉过正了？过去，怕她有一天突然带着一个人到我的面前对我说，这是我的男朋友。现在，我却希望有个男孩子牵着她的手。

经历过失败的我，终于知道，到什么季节就开什么花，一切顺其自然最好。提前绽放或误了花期，都是有悖自然规律的。

独自旅游杭州的第一天，桃桃发信息告诉我，上午，她乘坐电瓶车观西湖；下午，又租了自行车环游西湖；傍晚时，她要在步行中细细地品味西湖。

一个人的江南，天马行空，信步怡然，固然很自由自在，但是，景中有情岂不更美？ 当然，这是我的想法。 桃桃却忘乎所以，全身心陶醉在一个人的旅游乐趣之中。

第二天，她就要去她神往已久的乌镇。

三

2009 年元宵节的傍晚，游览了杭州、乌镇、苏州之后，到达上海已经三天的桃桃，用手机短信给我送来一碗“好吃又漂亮的元宵”。

这次桃桃的独自旅游，我这个当妈妈的，最不放心的就是最后的上海一站了。 毕竟上海是世界著名的大都市，桃桃行走在上海，无异于落入大海里的一尾小小鱼儿。

我事先对桃桃说，是否需要我和上海的好友打声招呼？ 桃桃毫不犹豫地拒绝了。 桃桃说她不想麻烦任何人，要从始至终完成一个人的旅游。 我听了，一方面担心着“这尾小小鱼儿”在浩瀚的大上海，将如何面对遭遇的一切；另一方面，又对她的坚定有种痛快的欣慰。 就像桃桃出生时，也是在我不得不痛的情形下，她才脱离我身体的。

我曾经的邻居，现在远在大洋彼岸的女作家毛毛，有一句很经典的话：做父母的，身体要逐渐远离孩子，而精神上要靠近她。 我经常用此话观照我和桃桃的关系。

桃桃出生之前，因为胎心音不正常，医生怀疑这孩子是个先心病儿。 当时，做医生的大姐将最坏的结果都想到了。 在医院，我们等待了三天，沉稳的桃桃除了混乱的胎心音，丝毫没有出生的征兆。 住院第四天的傍晚时分，医生和家人出去吃晚饭的时候，桃桃却突然从我的身体里冲出来，速度快得谁都没有想到。值班的年轻助产士一通手忙脚乱，顾不上我在小生命的冲击下被撕裂的身体，托着一个紫紫的小屁股，在我眼前快速地晃动了一下，就送桃桃到婴儿室吸氧去了。

有惊无险，桃桃是个很健康的孩子，只是，被我营养得个头比较大，在我的肚子里憋闷得不舒服，胎心才不正常的。我们母女分离了三天后，我才见到面色红润的桃桃。

桃桃出生后，我一个人带着她，还很要强地坚持上班，自然会忙昏了头。连续雇用的三个保姆，都有始无终，拿着我提前发送的保姆费离我而去。由此我对自己是否具备领导才能产生了怀疑。好在我就住在距离编辑部二十多米的地方，我可以将稿件拿回家阅读，同时照顾桃桃。

不到十个月便能站立的桃桃，为我减少了许多工作量。我忙碌的时候，就将桃桃放在我家的双缸洗衣机里，那个空间刚好使桃桃稳稳地站立不会摔倒。

桃桃一岁半的时候，我联系到一家距省作协——我的住处三站路远的托儿所。第一天，我骑着自行车带着桃桃入托。托儿所的大妈知道桃桃是孩子当中最小的一个后，很负责任地要我放心，说她一定会照顾好孩子。大门关闭，就听见里面哭声一片。我咬咬牙，不去分辨是否有桃桃的哭声，头也没有回，骑上自行车就去上班了。下午接桃桃时，正赶上孩子们吃晚饭。大妈们喂小鸟一样，三个孩子一组排成一排，一人一口地轮番喂过去。每一次轮到桃桃吃饭时，不知哭了多久的桃桃，都会反复带着哭腔说一句：“桃桃自己喂喂。”那时，桃桃还不会用“我”来表达自己的权利，却懂得要求自己做事了。

站在窗外，看着脸上挂着泪痕的桃桃，听着她说“桃桃自己喂喂”，我悬着一天的心终于落下了。

做父母的总是轻看孩子的处事能力。比如我这个当妈妈的，桃桃在我身边时，我总是不由自主地为她做这做那的，以为桃桃永远都需要我来照顾、需要我的呵护。其实，这实在是我这个做妈妈的自己的需要——像多数独生子女的母亲一样，永远不放心、不信任自己孩子的生活能力。就像这次，桃桃一个人行走过杭州、乌镇、苏州，又闲庭信步在大上海，她的生存能力和对复杂社会的适应性远远超出我的想象。我从内心深处为桃桃感到骄傲。同时，对她的终于成熟、能干和长大，十分受用！

名　字

参加米脂县一处建设项目的开工典礼。主持人介绍我时，将名字中的“茜”qiàn 读为 xī。这种事于我，已是司空见惯。我的名字中的“茜”，是个多音字，有 qiàn 和 xī 两种读音。在《辞海》（1979 年 9 月第一版）这样解释——

茜：一、（qiàn 倩）①草名。见“茜草”。②茜草根可以作大红色染料，因即以指大红色。李群玉《黄陵庙》诗：“黄陵女儿茜裙新。”二、（xī）译音字，多用于人名。

《辞海》里说的这种“茜草”我至今不曾见过。但《辞海》里明确解释“xī”多为名字的译音。我想起前些年，有一部很受欢迎的进口影片《茜茜公主》，主人公茜茜便是读“xī xī”的。

这样说来，我是该叫张艳茜（xī）的。但是，从小到大，我被称作张艳茜（qiàn）的时候居多。习惯成自然，倘若被叫作张艳茜（xī），多数时候，我便以为与我无关。

我家四个姐妹的名字中间都有一个“艳”字，名字后面的那个字则都取了带草字头的字。三个姐姐的名字很容易读出来：

张艳华（华即花）、张艳莉、张艳苓，不会错。只有我的名字张艳茜，白纸黑字念出来时，总是要让人费几分踌躇。

上大学时，父亲一位同事到学校给我送东西，她按父亲在信封上的地址找到我们宿舍楼，却不知这个“茜”字如何读？小心地在宿舍门口问了人才找到我。她回去后，对我父亲说，因为你女儿的名字，我多认了一个字。

现在的孩子们，取“茜”为名字的很多。在福州大学任教的施晓宇，常常遇到这样名字的学生。点学生名时，他认为应该读 xī 的，女生却纠正他说：“老师，我是叫某某 qiàn 的。”为了避免“错误”，下次他再遇上另一个“茜”，就读作 qiàn。可这位女生又纠正说：“老师，我是叫某某 xī 的。”于是，再有新生入学，又遇上这种多音字的，施老师就主动问一句：“你的大名是读 xī 还是读 qiàn？”

2003 年，我在北京中国作家协会的鲁迅文学院第二期高研班（主编班）学习时，有一位老师是在法国大使馆工作多年的先生，书生气十足。有一次由他来授课，内容枯燥乏味，他很想活跃课堂气氛，与同学之间产生互动，就采取像小学生一样让同学举手回答问题的方式。然而，同学们木木然毫无反应，他便点名。每个学生的课桌上摆放有名签，他叫了一个同学，很快得到回答——不知道。又叫一个同学，这回得到的是礼貌的微笑摇头。我的座位在第一排，我正思忖着问题的答案时，他的目光落在我头上，这位老师叫道：“张艳茜（xī）同学，你来回答。”

我望着老师的脸，好一会儿没有任何反应。老师又叫了一遍，这次加上了手指指向我。我逃无可逃，当时，我想捣蛋调皮一把，借机溜过回答问题。于是，我站起身来，语气很平和，笑眯眯地对老师说：

“老师，对不起！我不是张艳茜（xī），所以，我不回答这个问题。”

这位老师很尴尬地僵硬了表情。他要是懂得幽默，是能很快从尴尬中摆脱出来的。可是，老师只是静默了好一会儿，之后，他推了推鼻梁上的眼镜，却说了一句大跌眼镜的话：

“噢，我的视力不好，没有看清你的名字。”

我听了这样的解释，心里满歉疚的。从来都是乖乖的学生，怎么现在也欺负起老师来了？

下课后，有一个一向特立独行、我行我素的女生对我说，没有想到啊！张艳茜。我以为这种叛逆的事情，只能发生在像我这样的人身上的。你竟然也……

你什么都不欠

父亲的名字分了“名”和“字”两部分，名“输”，字“占纯”。

每当看到父亲始终走不出去的忧郁神情，我都要想，父亲该用“占纯”做名的，而父亲却叫了“输”。在字典里，“输”的含义有三种：一、运输；运送：输出。二、送给；捐献：输财助战。三、在较量时失败；败（跟赢相对）：绝不认输。

名叫“输”的父亲，仿佛一辈子都不曾有过赢的时候。

土改前，父亲家原是富裕的大家族，可祖父辈出了个败家子，致使家道不早不晚地败落。一大家子极其狼狈地从城里回到没有立锥之地的乡村，寄身于亲戚屋檐下，却逃过“地主”之类的黑五类成分这一劫，光荣地混入“贫农”队伍中。

按理说，父亲顶着这么荣耀的出身帽子，就该活得扬眉吐气，活得清风朗月，活得心安理得才对。然而，父亲却因为在工作之后，对组织隐瞒了我爷爷曾在国民党部队短暂任连长那点说不清的事儿，“心怀鬼胎”地开始了他一生既担惊受怕又内心痛苦的艰难岁月。就这样，本来身材挺拔、面容俊朗的父亲，一辈子无论是在外面还是在家里，都不曾挺直过腰身，都不曾舒展眉眼开心地笑过。

在我很小的时候，还是壮年的父亲，就已经驼弯了背，他永远低着头，轻手轻脚地行走。仿佛全世界的谨小慎微都集于他瘦削的身体里了。当年复一年，小心翼翼的外表极力包裹着其实桀骜不驯内心的父亲，身心俱疲地回到家中时，也就可以理解他为什么不能心情舒畅地面对我们了。

叫了"输"的父亲，一辈子在外面赢不了；叫了"输"的父亲，在自己儿女面前又岂止没有输掉什么？

父亲去世后，我将一生忧郁的父亲树立为我面前的镜子。面对着镜子，我不断地大声对父亲说，我不要像你那样活着。

不像父亲，所以我从不刻意向人隐瞒我自己，不做一个谜，即使是刚刚结识的朋友，我都有可能聊到我姥姥家去。

不像父亲，所以我始终挺直着腰身，虽然也低着头走路，那是不愿意被路上的嘈杂和纷乱影响了我的情绪。

不像父亲，所以我永远开心地笑着，即使遭遇了坎坷和不幸，我都要寻找到另一个解释角度，让自己身心疏朗。

不像父亲，所以我得到哪怕一点点帮助和关爱，都会满怀感恩之情，虔诚地双手合十对着老天爷说，老天爷你真是一个好老天。

……

然而，我却感觉总有一种很强的力量，让我屈身于它。虽然极力摆脱了父亲的忧郁，却不能摆脱这种力量的逼近。

刚学骑自行车时，我跌跌撞撞地上路，无论是别人撞了我，还是我撞了别人，站起身的那一刻，道歉的永远是我。

这样的事，又经常病毒一般传导在我生活的其他方面。

每天要很谨慎很小心地与人交往，生怕哪一脚踩了地雷，这是非常艰难的。人和人的思维是那么不同，女人与男人的思维也完全的不同。发生误解和误读该是常有的事，该是正常的事，可生活却没有那么多的机会容你解释或听你解释。有时候，还真不知究竟错了没有，错在哪里了，总像是“欠”了谁。

简单地活着，只是一句话。退一步海阔天空，也不是随时都生效。有时候，后退的那步刚好就把自己跌到了身后不知何时不知何人挖的一道深沟里。那时候，叫天天不应叫地地不灵的，只能凭借自己的意志从沟里再爬上来。

迷惘中，我就有些迷信，于是就想，那种很强的力量究竟出在哪里？是不是我叫了“茜”，我又要像父亲的“输”一样，摆脱不掉“欠”的命运？

今天是女儿桃桃的生日，二十二年前的今天，我的疼痛才使她顺利来到人间。

世上每个孩子都是母亲疼着出来的。

此刻，我觉得，我这个当妈妈的倒是对女儿有一点点歉疚，在她需要稳定的环境读书成长的时候，我却带着她开始了漂泊的生活，居无定所地与我经历了一个个担惊受怕的日子。如果没有她与我相依为命，我是否能熬到今天？

我这样说了，女儿将我紧紧拥抱着，然后说，妈妈你不要这样想，和你在一起过什么样的日子我都愿意，都开心，做你的女儿我很幸福！

于是，我笑着对她说，好吧！ 你也没得选择。

于是，我又对自己说，别以为你叫了“茜”，你就真“欠”了什么。

杨争光是一棵树

1991 年的 5 月，我有幸作为陕西青年作家代表，参加了中国作协在北京召开的“全国青年作家创作会议”——简称“青创会”。那次的陕西省代表团团长是贾平凹，成员有杨争光、莫伸、邢小利、毕华勇等十一人。

“青创会”分组讨论时，陕西代表团与江苏代表团分在一个组。江苏的青年作家叶兆言、苏童、范小青等都在会上。因为陕西代表团里有贾平凹和杨争光的大名，又因为江苏代表团里有几个正受文坛瞩目的青年作家，所以，我们这个组尤其受到各类媒体的关注。

这次的“青创会”后，山东省作协主办的《作家报》（现已停办）一位记者约稿，让我写写杨争光印象记，于是，我写下了这段文字。

认识杨争光是在 1986 年了。他结束了作为扶贫工作组赴陕北扶贫工作，回到省政协，工作地点就在建国路上。有那么一段时间，杨争光常常这副模样来到同一条街的省作协院子里：上着深色西服，下穿灰白水洗布裤子，脚蹬一双旅游鞋。看着这身打扮，大家调侃着：杨争光，你这是想多种流派，多种感觉集于一身呀！听到此话，杨争光忽然神情严肃，抓起自己的西服袖口，认真地说，知道吗，这可是名牌西服。接着将衣袖上的商标在大家眼前快速地一晃。接着，又伸出脚：“看，知道这是什么牌子的鞋吗？这叫‘布鲁斯特’。”于是，引得大家哈哈大笑。于是，不认识争光的人，很快认识了他；认识他的人，愈发觉得争光有趣、有戏、有热闹。

陕西的乾县是块风水宝地，唐高宗、武则天以及唐代的很多大人物选择这里，作为寿终正寝的地方不是没有原因的。而杨争光生在这里，长在这里，自然运气和灵性沾上许多。他从乾县考上了山东大学中文系，毕业时，分配到了天津市政协工作。是恋家还是恋土？最终争光还是回到了陕西。回来不久，就作为扶贫致富工作队成员到贫困的陕北住了一年。结果，纯朴厚道热情的陕北人也扶了他的贫——生活的贫。争光在农村住下后，走东串西地与老乡神聊，他是个有心人，因此得到了许多生活素材和生活体验，为他的创作开辟了广阔的天地。争光由写诗转向了写小说。于是争光的小说就写出了名气，逐渐成为陕西乃至全国文坛引人注目的人物。

1989 年，争光调到西安电影制片厂。就在这一年，作家出版社出版了一套文学新星丛书，争光的作品就在其中，小说集名为《黄尘》。再后来《黑风景》《棺材铺》《赌徒》等等中篇小说接二连三地发表，独树一帜地开辟出杨争光小说的艺术领域，创造着全新的审美世界，同时，他也在其中表述着对生活的理解，对生命价值的判断。这期间，争光好事不断，热闹非凡：《小说家》杂志大摆小说擂台赛，他接受了苏童的挑战；1991 年

5 月争光参加了全国青年作家代表大会；同年 8 月第三届“庄重文文学奖”在西安隆重召开颁奖大会，他成为西北五省区十六名获奖作者之一。谈到获奖，争光感到惭愧，他说，这奖不该落在他的头上，这是他意想不到的。争光这样说是真诚的，但是人们清楚，他并不辜负这份荣誉。他不沉溺于幻想，而努力使幻想成为现实，脚踏实地，这是争光最好的感觉。运气总是给予那些有准备的人。

了解争光的人都知道他忙极了。几日前听说他去了山西改写剧本，忽一日又听说早回来了，现在乾县老家写小说，待有一日，却见他神气活现地从一家宾馆走出来，说是住在那儿，正在与人合作创作电视剧。争光那瘦削单薄的身躯，总让人担心他体力不支，可他不停地奔波却总是那么精力充沛，那双小眼睛也永远闪烁着神也似仙也似的光亮。

作为陕西汉子，争光是很有风度、很有气派的。有一次，北京的评论家雷达、白烨到西安开会，会议结束后，争光在西安宾馆请他们吃饭。几巡酒后，争光兴致高涨，为大家演唱了秦腔《赵氏孤儿》和《三滴血》的唱段，他唱得很地道、很投入。这意想不到的出色表演，博得大家一阵阵喝彩和惊叹。争光很得意，他说，他不过是在复习小时候的把戏，那时候，就常在家乡的戏台上演出。

再一次使大家意想不到，是在一些朋友的聚会上，争光慷慨解囊，买了一大堆好吃好喝的。录音机里正放着港台歌星的歌曲，他突然站起身来，连声喊：关掉！关掉！接着，他为大家唱了一曲《叫声哥哥你带我走》，不同于吼秦腔的酣畅淋漓，他这次唱得真诚、火辣，而接下来的一曲《驿动的心》他又充满了柔情、凄婉和惆怅。唱完歌，争光不等大家的掌声停息就跳起舞来。整个晚上的气氛都被他调动得很热烈。正当大家随争光一起投入到这热烈当中时，他却陡然生出几多伤感。他说，人活着，不知要有多少烦恼，就好比你骑着自行车，迎面忽然过来一位很美好的女孩儿，你刚想停下来欣赏这份美好，然而，两人却已相去甚远。大家听了，没有随他的伤感而伤感，反倒在他描述的人生偶然中，遐想着生活带给人们的机会。

不知是那篇《赌徒》引发的，还是那《赌徒》中的八敦就有争光的神气。总之，从这个夏天来临，便常见争光大摇大摆地出现在省作协院子里，吆三喝四地嚷着玩麻将。刚坐下时，争光大有气吞山河之势，几圈之后，气势就一落千丈，一直打到他一败涂地。这时，争光却并不沮丧，迎着大家投来的同情目光，潇洒而镇静地离去。

平日里看争光来去匆匆，一副万事无牵挂的样子，其实，他已是一个刚上小学的儿子的父亲。听说一日妻子让他去买西瓜，说他整个夏天不曾给儿子买过一次。那天争光面露难色，只因麻将之后囊中只剩八角钱。气派、风度、潇洒此时荡然无存，这是争光多种感觉中最差的感觉。但是，人们却觉得争光愧疚的样子是如此可爱。

一个秋日的夜晚，杨争光坐着出租车行驶在回家的路上。

车窗外细雨蒙蒙，挡风玻璃上的刮雨器有规律地左一下右一下来回摆动着，就像施睡眠术时在眼前不停地晃动的链表。已经一身倦意的杨争光闭上了双眼，不敢再去看那摆动中的刮雨器。

此时，已拐入了小巷子里，车速仍然很快，轮胎发出了“哗哗”的压过水的声音。杨争光心存庆幸，自己不是行走在这积满雨水的路上，想到马上可以舒展四肢躺在舒服的床上，闭目养神的杨争光此时生出几分幸福的感觉。突然，出租车一个急刹车，将“幸福”着的杨争光颠了一个趔趄。睁眼望去，一辆幽灵般通体发黑的轿车挡住了去路，它不偏不倚地就停在了路中央。透过淋漓的雨线，可以隐约看见，对面黑车里坐着一个肥头肥脑的男人。出租车司机示意那个黑车上的“肉头”让让路，但是没有反应。

被耽误了瞌睡，又被打断了幸福感的杨争光，此时已经忍无可忍了，他愤怒地推开车门，不顾脚下的一地雨水，几步冲到黑车跟前，拉开车门，双手将“肉头”拖出车来，还未待那“肉头”灵醒，杨争光对着那“肉头”的鼻子，重重地就是一拳，顿时，那“肉头”的鼻孔里就流出了两股红色的黏液，脸也失了彩，浑身松软像一座肉山一样向下塌去。杨争光不屑地看着这座肉山，甩甩因用力过猛有些酸痛的手臂，吼了一嗓子秦腔唱段，然后大步流星地走向不远处的家中。

认识争光的人肯定对我刚刚叙述的这个场面发出质疑，其实，我也怀疑它的真实性。

真实的情况是，那个“肉头”无论如何也不让路，而杨争光只好下了出租车，顶着雨，踩着一地的雨水，走向不远处的家。只是，在这短短的一段路上，那个“肉头”被杨争光在想象中打倒了无数次。

在听到争光讲述这件事之前，我曾经问过争光，我说，在你的小说中，充满了匪气和血腥气，不知与你的性格有没有关系？我进一步不客气地问他，你是不是一个喜欢暴力的人呢？

争光回答我说，这个问题他没有认真考究过，他说，其实他常常是怯懦的，是看不得打架和流血的。有人欺侮他，他只能在想象中把对方打倒，这是他长久的一种战法。他又说，如果真有什么大事找到他的头上，他就显得麻木。麻木在形式上比胆大更显得有力。他告诉我，这不是他的战术，而是一种不自觉的战斗表现，接着，他像是自言自语地说："这些与我的小说有关系吗？可能是有的。麻木中突然爆发，就是我小说里人物的表现。"

说这番话时，是一个宁静的、太阳暖暖的冬日下午，已过了不惑之年的争光，一副"经历了风雨"，也"见过了彩虹"之后，才有的坦然与成熟，此时的他却淡忘了另一个场面。

那是在十几年前，他与几个好友一起，在餐馆招待外地来西安的一位文学同道。谈兴正浓、酒兴也正酣时，邻座的客人为一把椅子挑起了事端，用脏话粗话侮辱他们。都是二十郎当的年龄，火气都比酒气旺，哪里肯受这种气？杨争光的朋友们，与邻座的人便展开了一场对攻战。霎时间，杯盘"乒乓"落地，椅子腿"嗖嗖"作响地飞舞，混乱得难辨"敌友"。这场面，很像争光几年之后创作的小说、电影中某些惊险情节。而这时的争光，也确如他所分析的那样："如果真有什么大事找到我的头上，我就显得麻木。"不知所措的、愣怔的、麻木的争光这时看到，他的极要好的朋友头上流出了血，鲜血顺着他朋友的面颊蜿蜒地流淌着，这鲜红的颜色刺激了争光的视神经，进而刺激了他那处于麻木状态的脑神经，"麻木中突然爆发"。只听争光大吼一声："你们竟敢打我的朋友！"他顺手抄起一件物件（不知是酒瓶还是凳子腿儿），向那个将他朋友打伤的人头上狠狠地砸去……

多年之后，当争光的朋友回忆起这段往事时，仍然有一种曾经浴血奋战，共同经受了考验的豪迈。“该出手时就出手”，关键时刻心中还想着朋友的安危，这是极可贵的好男人的品德。“在想象中无数次地将对手打倒”的争光，为了朋友，也完全用行动进入了这种创作之中。

又一个下着冷冷小雨的深秋中午，到省作协院子里来的争光，正好遇见刚刚受点打击的我。我的神情一定比当时的天气还要灰暗。看到我这副沮丧的样子，争光没有说抚慰我的话，而是先从门口的面铺里买来两碗牛肉块揪面片。一碗摆在我的面前，一碗放在我对面的办公桌上。

我真的没有一点心情去吃这海碗里的面片，坐在我对面的争光也没有马上动筷子，他弯起食指，只用单指夹着一根香烟，似乎很用心地吸着。他的这副吸烟姿势很特别，不是一般人那样用食指和中指夹着。他吸了一口，慢慢吐出来，又吸一口，又慢慢吐出来，眼睛不看我。他也许知道，他若看着我，会把我娇气的眼泪看下来。他望着我身后墙上挂着的一个条幅，条幅上有四个字：福祉心灵。然后若有所思地说道，在形容人的情感词汇里，“同情”这个词是最残酷的，甚至胜过“怜悯”。因为，“同情”之中蕴含着不平等，只有在不平等的情况下，才可能产生同情心。一个有自尊的人，是不需要这种来自高处飘落下来的东西的，因为这看似轻柔的东西，可能一时让人感到很舒服，但是它却足以砸得人挺不起腰、抬不起头来。

这番话让我充分感受了争光的善良、真诚、智慧和清爽，这番话也让我那堆满杂志和稿子、光线灰暗的办公室顿时明亮了起来。这回，是我感激得想要流泪。我知道，我只有把面前的这碗面片吃掉，才是对争光这份苦口婆心的最好回报。

我时常不客气地对争光开玩笑，说吃他的请从不感到不好意思，就好像他的钱来得容易，如同大风刮来用簸箕收一般。但是，也别指望争光能请你吃什么好吃食，这完全不是争光小气，而是他认为的美味佳肴就是面食。诸如面条、面片、面鱼儿等等。当他觉得吃得嘴里喷香、胃里舒坦、心里滋润时，他就感觉是把世上最好的食物、最佳的美味带给了你。就像他一旦知道朋友经济困难，立刻就倾其身上所有帮助朋友一样，都表现出透透彻彻的真诚、自然、简单和善良。这肯定没有丝毫他理解的那种同情心的成分。

争光有几个关系极要好的朋友，这些朋友性格各异，但都出类拔萃。在长安大学执教的黄建国教授，就是他最好的一个朋友。黄建国这位仁兄，是那种从三十岁到六十岁，外观都不会有大变化的人，就连心态也是如此。而且，永远留着寸头，脸上永远挂着微笑，待人永远的朴实仁厚。但令人纳闷的是，在朋友聚会时，只要建国和争光在一起，建国就显露出他属狗的另一种本性。他就要把属鸡的争光追着咬一咬。当然，这属鸡的也是一只决不示弱的"斗鸡"，眼一瞪，脖子一挺，就应战了。一时间唇枪舌箭、剑拔弩张。

每每遇见他俩这阵势，我都会紧张得大气不敢出。我知道，我劝谁都劝不住。为防止他们舌战升级，我就坐在他们俩中间，将他们隔开。我想，一旦发生拳脚相加、大打出手的事，让我先挨几下，也许他们就能停战。但是，这种担心纯属多余，完全是我庸人自扰。待"狗"累了，"鸡"也乏了，他们自然就会偃旗息鼓，鸣锣收兵。也搞不清胜败何方。当然，争光也有“欺负”建国的时候，或者说，他“战胜”了建国。有一次，为一首古诗的出处，他们争论不休，谁都认为自己说得百分百的正确。但争光表现得更自信一些，他对建国的说法发出了毋庸置疑的反驳。起初，建国还坚持着自己的观点，后来，是争光的自信让建国感到了压力和不自信。在建国很不甘心地认输时，争光的眼里闪着得意又狡黠的笑。他对我低语道：“其实你黄二哥是对的。”

尽管这样的唇舌之战时有发生，但丝毫不影响他们深厚的情谊和友谊。争光不在西安时，争光的另一个好朋友杨绍武和黄建国会为争光处理许多事情，而争光一回到西安，首先要见的人就是绍武和建国。男人间的这种关系，常常让我这个女性既羡慕又昏头昏脑地搞不懂。争光说，朋友会让你有一种滋养的感觉。他这样说，我似乎明白了一些。

争光有一篇小说，标题是《老旦是一棵树》，在写这篇文章时，我突然觉得相识多年的这位朋友、这位兄长、这位优秀的作家杨争光也像一棵树。这棵树深深地根植于土地，吸收了大自然的精华。所以，他有着丰富营养，枝繁叶茂，健康、自信、挺拔，并且给人以信赖感、安全感，这些是树的本性，也是杨争光的本性；这树能开出奇异的花朵，结出极具个性的果实，这是树的本事，也是杨争光的本事。

学兄方英文

陕西作家中，有一个作家无法让人忽视，那就是方英文。

方英文是西北大学中文系 1979 级的学生，我与他同校同系但比他低两级，他是我正儿八经的学兄。在大学时就知道他早有作家抱负，但那时候，他的文字很令大多什么都不懂的读者心生畏惧。我这样说，好像方英文是很前卫的作家，尽写些云遮雾罩玄虚得跟太空一样，让人看不懂、猜不透的东西吓唬人。其实，方英文与什么流派都不大能拉扯在一起。方英文可贵的一点就是，方英文就是方英文，他就做他自己，反之，方英文糟糕的一点也是如此。

我们 1981 级新生入校时，年龄普遍偏小，与我们上四级（当时从 1977 级到 1981 级五个年级的学生同校）那些学长们年龄差距很大，有些学长甚至都是父亲辈的岁数了，自然有隔代的感觉。所以，我们对学长们一般都敬而远之。除了系里或学校的集体活动，我们很少和那些“老人家”接触。

什么时候和学兄方英文认识的已经想不起了。只隐约记得，有一次收到方英文送来的小说作品（现在看来，我的编辑生涯应该从那时候就开始了），那篇小说写了些什么内容我忘记了，但心里对中文系的学生写作这件事并没有太多惊奇，以为这是天经地义的事，不写才不正常呢。就像我多年不写什么，便以职业编辑为借口掩饰自己内心的惭愧。所以，我没有对方英文的写作充满敬意，不过从此倒是记住了中文系这个学兄的名字。之后，又陆续收到他的一些作品，内容大都有些看不懂，不知所云，却又不好当面讨教。

很多年后，方学兄还爱拿我打趣，说起他上大学时“投稿”的往事，讲的是真真假假。朋友们不知底细，将信将疑，然后就不断演绎、附会，说我培养了一个大作家，说方英文的文学创作就是从给我写信开始的。

1983 年的夏天，方英文他们那一级学长毕业。那几年，我们中文系的男女生宿舍是在同一座楼。女生在二层，男生在四层，三层住的是全校的研究生。方英文他们班的同学有自愿去新疆的，有光荣入伍的，有去中央机关的，还有留在省市各文化团体的。总之，看着他们个个激情满怀精神亢奋的样子离开母校，想必都如愿分配到了理想的单位。唯独方英文没有走，很长一段时间，仍能看到他拿着饭碗到食堂打饭，表情却是沉郁的。有一天，他让我到学校临时为他安排的住处——研究生住的三层宿舍里去一趟。虽然地点就在我宿舍的“头顶”，但我不懂他要做什么？就像每次收到他的“投稿”看不懂内容一样，我一头雾水，内心里甚至还相当紧张，因为我从没和一个男生单独在一起过。其实我是虚惊一场，方英文那天是为了郑重向我告别的。当时系里管分配的老师好像是要努力把他留在西安工作，不让他回家乡商洛的，然而，等待很久之后，却毫无结果，方英文不想在无望的等待中继续浪费时间了。这些，都是若干年后方英文再谈起时，我才知道的。

那天下午，他却没有讲这些，他只讲平时学业紧张时他还能写出东西来，现在天天闲着，有大把的时间了，反而什么也写不出来，他很难过。我听着，不知说些什么来安慰他好，更不敢直视他忧郁的眼睛。我只好把目光投向窗外，窗外正下着绵绵小雨，有清爽的风吹进来，逐渐消散了我的紧张情绪，我竟看着斜斜飘逸的雨线走了神。

多年之后，方英文送了四个字形容我：不解风情。

那次分别后，方英文分到了商洛地区文化馆工作，我们竟然好多年后再没有见面。但是，他的名字却比过去更频繁地在我面前出现。比如在《延河》编辑部的发稿碰头会上；比如他给编辑部来信说，他收到退稿时正值他的婚礼上——因为浓浓的喜气冲淡，便原谅了编辑部的不友好行为；还比如，因为有人动员他加入陕西省作协当个会员，他却一副不屑地说，难道母鸡下蛋，一定要加入了母鸡协会，才会下蛋吗？那时候，我觉得这位学兄很隔路，跟人两样，用现在的话形容就是另类一族。

就这样一晃过去了好多年。有一天，突然，在省作协院子里我见到了方英文。他已经在《收藏》杂志做了编辑。多年后再见，我们都显得有些——不是生分而是不知所措，彼此竟然没有说话，甚至连招呼都没有打。再后来，他到了《三秦都市报》工作，我们不停地在一些文学活动上见面，却仍然没有说话。直到 1994 年省作协在陕南的汉中组织一场“汉水之源”散文笔会，正在采风的路上，我不知为了什么事，尖着嗓子和方英文发生了争执。事后，我后悔极了，真搞不懂当时是怎么回事，竟然在众人面前和人争吵，尤其是和同系的学长争吵，感觉特别反常，这简直太不像我了。事后方英文的一句话很快化解了我内心的不安。方英文说："虽然你今天对我这么凶，我却很高兴，因为我们又开始说话了，这个才是最重要的。"

确实，多年来在我们之间莫名其妙形成的坚冰，就在这次争吵之后融化了，"友好邦交"关系正常化了。这才发现，有方英文在的场合，气氛会很融洽、活跃，因为他与生俱来的风趣、幽默。虽然他慢条斯理讲起带黄颜色的话题来，属于家常便饭司空见惯，但他不走下流。逗大家笑过之后，他却经常皱起眉头来，狠吸一口烟，然后故作认真地说："我很发愁，如果做不到每句话都让大家开心笑，我会感到责任重大。"有许多熟悉我的朋友在场时，方英文便会"人来疯"地主动开我和他关系的玩笑，轻轻松松、荤荤素素地烩，不露声色、加油添醋地渲染。一般我都笑着，听之任之；说得过火了，我也只是不带怒气地骂他一句"坏蛋"。他当然晓得，我不会与他较真，故才如此张狂。

方英文知道，写作带给了他身上和身外许多好处。至少他懂得他的字是很值几个钱的，但是，他却不很珍惜，走哪写哪，即便在餐桌上也随便乱写乱画。有时在酒瓶上写一段文话，有时在烟盒上发一番感慨。有这样介绍方英文的一段文字：

其小说语言优雅风趣，构思新颖别致，有引人入胜的阅读魅力。其散文幽默温情，绝妙俊逸，深受读者喜爱。

我很认同这几乎恰如其分的评价，唯独对"语言优雅"不能苟同。起码，用"优雅"形容方英文早期的小说是牵强的。他在小说中过多表现的，是他缺少控制的个性。我感觉，方英文甚至不很在乎读者对作家的生活状态有可能产生的误解，也要表现、张扬他那个性。

所以，在我还做《延河》编辑时，向方英文约小说稿，很让我忐忑，我生怕他拿来的是那种“缺少控制”的小说。

我没有问过方英文，《延河》是不是退他稿件最多的刊物，我是不是退他稿件最多的编辑。也许正是因为方英文是陕西作家，陕西的文学刊物对他期待更高，要求更严；也许他是我的学兄，我不客气地严格对他，以为可以得到他的谅解。其实，作为编辑，最不愿意做的事情就是退稿了，哪个编辑不希望每天的来稿篇篇都是佳作。

以往，退掉方英文的小说稿，方英文肯定也有不服气的时候，因为，总有刊物能够接受他的那种写法，接受他的那篇作品。于是，“西方不亮，东方亮”，他写的东西不会有压在家里发不出去的。但是，我并不认为我的退稿是过失行为，无论是方英文，还是别的作家的不适合在《延河》刊用的来稿，我都是客观、慎重的，是出于对作者、刊物、编辑三方负责的考虑才做的退稿决定。

如果我因为以往曾退过方英文的小说而忐忑，而放弃再向方英文约稿，这不仅会令我更加忐忑，而且，我会被视作是个不负责任的编辑。

在2003年春节来临时，我向方英文约稿，我说，希望在《延河》的《名家走廊》栏目里有他的作品出现。

春节后，方英文将《出山》《春风的本能》两篇随笔给我（刊发在《延河》2003年第3期）。不知是方英文也有我同样的担心，还是我曾经的退稿行为对他打击过大，总之，他说没有敢给我小说稿。

随笔《出山》深深地打动了我。不仅是方英文的坦然，坦然面对自己的身世，坦然面对曾经的伤痛；打动我的更是现在的方英文，艰难困苦生活的磨砺，并没有使他的心灵扭曲，他没有沉浸在苦难中不能自拔，也没有利用自己的苦难，博得人们的同情攫取利益。他是乐观的，也是健康的、是快乐的。虽然有时将快乐推向了极端时，难免令人哭笑不得，但这也是可以理解的。因为，他曾经可能是在苦痛的极端，反弹的力量使他走向了另一个快乐的极端。

这篇《出山》，是我读到的方英文文章最好的一篇，不仅能从中认识真正的方英文，还会被方英文平和达观、健康适应的心态感动，这种心态，客观地说，许多“出山”的作家都很缺少。

想起那些树

有一年的植树节前，我的大学同学，一个比我还浪漫、更富于幻想、很理想主义的好友，给我打电话，让我为我们和我们的孩子，找一个能植树的地方，每人种上一棵树，由我们命名、我们管理，就像对待我们的孩子和我们孩子的兄弟姐妹一样，爱护它们，呵护它们，与我们的孩子一起成长。我想，这想法既很有浪漫色彩，又不是不可行的，而且还很有意义。于是，就寻求各方朋友的帮助，结果，四处打听，也没有找到能够容我们这样栽树的地方。理由是，就是有栽树的地方，也可能不久就要重新规划，或修路，或盖房，而树就会被铲除。好友极为失望，而我也心情沉重。那么，植树节里我们到底能做什么？

认识一些品种的树，还是在陕西省作协的大院里。

那时我刚工作。在我宿舍门前就有一棵树，在春天里先风风火火地在枝丫甚至在树干挂满一串串紫色小碎花，花未落时，又羞羞答答零星出嫩嫩叶芽。问人这是什么树，答我，是紫荆。后来，香港回归，对照香港特别行政区标志的紫荆花，不像。与人说了，人便笑我，紫荆有许多品种的。

从宿舍到办公室只有不足百米的距离，我却总是像学生一样习惯背着书包，踏着钟楼报话大楼 8 点报时的钟声去上班。那时，没有什么噪声污染，钟声清晰可闻。一天，正低头走路，忽然就被从天而降的、不很坚硬但很有力的东西砸了脑袋。我与传达室的师傅都保持着非常友好的关系，同事更不用说了，坚信不会有人这样欺负我。抬头看去，却是两棵梨树，树上结满了如手雷大小的果实。砸我的那颗“手雷”，已然粉身碎骨了。

《延河》编辑部就在三个四合院的最后一个院落。院子里有四棵树，一棵紫丁香树，一棵石榴树，一棵海棠树，还有一棵最不好的树，长得也最高大粗壮的，是泡桐树。但傻大憨粗的泡桐，在三棵秀丽娇小、端庄名贵的树面前一点都不自卑，春天里我行我素地开着淡紫色的大喇叭花，之后又噼噼啪啪地将一个个指肚大小的果实砸在人的身上，砸在院子里。一阵秋风起，又将它那肥大的树叶落满了院子。早晨上班来第一件事，就是和编辑部的人一起清扫泡桐的花朵、泡桐的果实、泡桐的树叶。我们一年四季都为这棵泡桐树忙乎，但是我们从不嫌弃抱怨它。因为就是这棵最普通的泡桐树，使夏季的院子阴凉了许多，我们常在阴凉下，闻着海棠花、紫丁香花的清香，打克朗棋，开编前会，畅谈着文坛情况，作家的创作，以及刊用稿子的各自意见。

一年的夏天，奇热无比。主编白描家养的一只小狗终究耐不住酷暑而死去，白主编将小狗葬在了那棵海棠树下。第二年的春天，海棠花开得非常繁盛，灿烂满枝头，枝叶也浓绿浓绿的，令人不禁想起那个曾经活泼可爱的小生命。

中间那个院子是《小说评论》和创联部的办公院，院子里有一棵枝杈非常多的蜡梅树，几乎占据了院子的三分之一。有许多枝杈都快伸进了办公室的窗子里，但是没有人随意折断它，即使是它傲雪盛开的时节，人们只是驻足欣赏品味。到了秋天，蜡梅树上结出许多的硬壳种子，待这些种子成熟了，美编郑文华拾起一些，种在花盆里，竟神奇地长出小苗苗来。

1996年之后整个作协大院改造，所有的树，铲掉的铲掉，移栽的移栽，但移栽的也都没有存活下来。郑文华就将花盆中的蜡梅移栽到前院狭小的空地上。我也从一个同事那里移栽了一棵，种在另一小块地里。每天上班时，都要去看望它们的长势。眼看它们又茁壮成长起来，突然有一天，又莫名地被铲除了。看着那一小块它生活过的地方，我伤心地发呆很久。不想去追究谁是刽子手，生命对于树来说也只有一次。它们没有能力和人讲它们的生存权，它们也没有任何树权，生存权和树权在人权那里实在算不了什么。况且，即使追究也无法挽回它的生命。

中间院落的另外一棵树是白玉兰。白玉兰在它开花时，总让我无法面对它冰清玉洁灵慧聪明的美丽。上大学时，西北大学校长办公楼，也就是当时称作的红楼前，就有一棵清秀挺拔的白玉兰。那时，我和许多青春期的女孩一样，甚至我更加幼稚和愚蠢，还自以为是。就在那棵盛开的白玉兰树下，拒绝了一个男生的爱意。无论这次拒绝对与否，省作协院子里的这棵同样品相的白玉兰，在它盛开时总让我想起当时尴尬的情景，想起我当时的笨拙和愚蠢。

后来结了婚，后来有了女儿，我被临时安置，住进了第一个院子坐南的房子。路遥的写作间在东边，就是在那间简陋的房子里，路遥整理完成了《平凡的世界》。再后来，同事阎文俊和女作家毛毛两口子住在了北边的房子里。

在这个小院，有两棵树非常令我怀念，一棵是清幽纯洁的白丁香，一棵是高大温厚的合欢树，也称“绒线花”。

每年的4月开始，白丁香就静静地在桃形的叶片中露出一簇簇、一朵朵的雪白花蕾，透着冰骨玉肌的清纯，在嫩绿的叶片衬托下，格外的素雅而华贵。白丁香就盛开在我家卧室的窗外，许多夜晚，悠悠的香气穿越窗棂，轻柔地进入我的家里。在我那些灰暗的日子里，伴着我扫除满怀的心事，保持内心的洁净与安宁。

今天在写这篇文章时，同事胡晓海纠正我，我才懂得，我多年称那棵合欢树为绒花儿树是不准确的，起码应该称绒线花树。当我得知它的学名竟是合欢树时，很感意外，我竟然在合欢树下生活了六年却浑然不知。但是，当时被我称作的绒花儿树，的确给我和女儿带来了许多的欢乐。

挺拔高大而温柔的绒花儿树，树冠舒展了半个院落。夏季里盛开的绒花儿香味清幽，送来酷暑中难得的清凉。绒花儿有形有色的，像马头上扎着的一束粉粉的缨穗，又像城墙根奶奶们手中舞动的水粉色扇子。

傍晚时，幼小的女儿桃桃，经常乐此不疲地，一只一只地捡拾落地的绒花儿，然后，用胖乎乎的小手抓着一把绒绒软软的花朵，宝贝地放到准备好的一个小盒子里。

在她反复做着这件事的时候，写作劳累休息片刻的路遥，从那间灯光黯淡的房间里走出来，会故意打断桃桃专心致志的“工作”，抱起她来，轻轻地在桃桃肉肉的小胳膊上“咬”一口。

高大的绒花儿树，有一枝很粗壮的树杈，我将一根结实的绳子甩上去，再拉下来，下边绑上一个长方形木板，就成了桃桃的秋千。作协的同事都很通融，容这个特殊的秋千从夏季到冬季时常悠荡在小院里。

冬天飘飘扬扬的雪花，在院子里落了很厚。我和桃桃冒雪滚出一大一小两个雪团，大雪团做了雪娃娃胖嘟嘟的身体，小雪团做了雪娃娃圆滚滚的脑袋，把它堆坐在院子中央。再嵌上两个小煤块做了眼睛，插一个胡萝卜是雪娃娃的长鼻子，安一个红辣椒就是雪娃娃的小嘴巴了。桃桃的两只小手冻得红肿，却依然兴高采烈手舞足蹈。秋千上的积雪却不忍扫净，就像是为这个可爱的雪娃娃调皮玩耍准备的。

我和毛毛，则经常在树荫下聊天。女人的话题永远说不完，从互相介绍好书，讲述过去曾经的荒唐和美好，到各自孩子的一切趣事。有时，饭桌就摆在了树下，相互拿出各自拿手的饭菜，像家人团圆一样吃起来，路遥有时也会走到饭桌前，吃上几口他喜欢的面食。

现在，这些情景早已远去。那个院子已经人非物也非：路遥在 1992 年 11 月 17 日就永远地离开了我们；毛毛一家人去了美国；我则搬进了鸟笼般的高层楼房。带给人很多美好感觉的那些树也都不复存在。省作协的三个院子拆除后，一度盖楼的资金不到位，残垣瓦砾中顽强地长出了许多杂草。那时候，我总感觉，那些被铲除的树说不定能重新竖立在杂草中。想起那一棵棵可爱可亲可闻可感的树的模样，总不免令人感叹生命的无常和无奈。

无论是生活在秦岭深处的各类树种，还是城市里品种单一的景观树；无论它们是刚出生的小幼芽，还是上百年上千年的参天古树，它们都是一个个体生命，或者就是一个精灵，我心里对每一棵树都充满了敬重。 我知道，有我这样想法的人很多很多；我知道，比我做得好的人也很多很多。 为此，我欣慰。

京夫的静

1985 年夏天，我大学毕业分到陕西省作家协会不久，有两个作家，也先后调进这同一个院子。一个是来自关中道的邹志安，一个是来自商洛山的京夫。前者风趣健谈故事迭出，后者安静寡言偶生笑语，区别挺明显的。可是两人，却有着根本的共同：都是拖家带口的一大家子，都是师范毕业、教书多年的先生。

此文只说说“京老师”吧。

有的作家爱用笔名，比如同院里的晓雷，本姓雷，却被不知晓的人称呼“晓老师”；诗人闻频，姓焦，也不为人知，来访者都喊他“闻老师”了。这个京夫呢，有没有姓京的？我简直孤陋寡闻，总担心喊他“京老师”而闹出笑话。后来，他因长篇小说《八里情仇》成为“陕军东征”的主将之一，细读作品与简介，才知他姓郭名景富，“京夫”照例是个笔名。好了，再见面就是“郭老师”了。

过了许多年，我们分到同一个单元的三层，两家就此成了邻居。他住东户，我进西门；他四居室，我两居室；却有一点相同：我们两家的房子都与早逝的路遥有关。京夫如今的房子，原来住着路遥，我这房子的原主人，是前辈作家李若冰的公子，路遥装修时曾借住此房。京夫究竟有几个女儿？与他邻居了十几年，直到后来搬走，我也未搞清楚。总觉得他的女儿们个个相像，与她们的父亲一样，言语不多，款款地出门了，悄悄地回来了，虽然没有声音，但仍能感觉空气有些微动，如衔着春虫的燕子滑过。若不是因了这些燕子，我会以为他们家里人全出游了呢。的确，京夫家里，平时非常安静，总是悄无声息。

省作协后院有一大景观，一进院子就看到楼房的迎面墙上，贴墙长着茂盛的“爬墙虎”。这株“爬墙虎”不知谁栽植，经了十多年的光阴，如今始成宽袍，屏蔽成一挂绿墙。春和景明的时候，我看见那些枝蔓叶影，如一个个小精灵，轻巧地溜往各家各户的窗棂阳台。京夫的家离绿墙最近，所以，小精灵最先造访他。我在阳台上晾晒衣服，透过那些可爱的绿微微的“小脚丫”，常常看到京夫，沉静伫立在阳台上。这么安静的一个人，我就想，当年是怎样给孩子们上体育课呢？体育课就是带领孩子们撒欢呀。

因为京夫深居简出，所以，尽管和他处邻居多年仍然难得见上一面。偶尔，他会因为转交寄到他名下的作者稿件到编辑部来。这时话会多些，详细介绍作者写作的状况，希望编辑部给予重视。然后，时间不长再来过问一下稿件的使用情况。不被刊用的稿件他会再三叮咛我们，写封鼓励信退还给作者。

2000 年的冬天，省作协召开商洛地区会员的片会。因为是回到京夫的家乡，因具有双重身份，京夫主持了会议。那次，平时一向寡言少语的京夫，将会议主持得严肃而不乏活泼，尤其对每一位发言人的点评，京夫一言以蔽之的语言概括才能尽现。那天，我发言结束后，京夫感慨道：“张艳茜满怀工作热情，这些年为了办刊物，她不仅奉献了自己的青春，如今也在奉献着自己的生命。”话音刚落，会场一片善意的笑声云翻浪涌，大家觉得京夫那句“奉献生命”言重了。我没有想到京夫对我是这样的评价，一个文学期刊编辑的悲壮感就是从那一刻产生的。但我心里还是很熨帖、很安慰的。平时很少和京夫交流工作感受，他却懂得我无言的付出和辛苦。

2003年，京夫送来一组散文《野物趣闻》，表现人与自然的关系。他说，人和动物其实很容易沟通，更能和睦相处。他说有一次，他宁静地站着，一只小鸟儿竟然停落他的肩头，叽叽喳喳的，将羽毛梳理一通，这才飞走。

要是别人讲这样的奇事，我定要发笑；但是出自京夫之口，我就深信不疑了，因为我立即想到阳台上沉静伫立的京夫。也许他就是站在自家的阳台上，那鸟儿光临了他的肩头呢——可惜那个盎然有趣的画面，没能让我亲眼瞧见。我回家就得洗衣服烧饭，俗声只能拒鸟儿千里了。也正是来送稿的那次，京夫透露出，他计划写更多的有关动物的题材，以此呼吁世界的和谐。果然几年之后，一部精心构思、十年心血的长篇小说——《鹿鸣》，由上海出版了！

《鹿鸣》新书发布会上，显著的位置坐着官员、名流，本应该唱主角的京夫，竟“低调”坐在沙发背后的椅子上。一头白发、儒雅宁静的他，一贯的品格是不张扬，更不会争也不去抢。陈忠实惊叹京夫的写作激情和活力。陈说，他和京夫是同龄人，都六十有余，京夫在海南的三亚见到“鹿回头”的巨幅雕像，听到一个美丽的传说，竟以此演绎出四十万字的长篇小说，正说明京夫的文学神经还很活跃，还很灵敏。

京夫的乡党贾平凹说了：“六十多岁的京夫依然年轻，现在七八十的人不是还弄事吗？”引起笑声。“京夫话少，内心却波澜壮阔。”京夫的神情略微松弛了一下，嘴角和眉梢向上微微一挑，是一个笑的预备；但很快，又恢复到沉静淡泊之中。

2008 年 8 月 3 日，京夫终于没能战胜病魔，静静地离开了家人，离开了终身热爱的文学。不过我相信，他在天国也将是一如既往的安静，小鸟儿依然会降落在他的肩头。

光荣与梦想

那是上大三的第一学期。该是金色的秋天，却是西安绵绵细雨的季节。

喜欢雨的我们从不打伞。下课了，我们拿着夸张的大号饭碗，踩着雨水去食堂。低头走着，我却与一把大黑伞碰了头。是我们班的辅导员，好像专门在等着与我相撞。他表情有些古怪地叫住我说，需要我帮他在图书馆借一本书，书名是《光荣与梦想》。

我好生纳闷，辅导员自己借书岂不是比我更方便？虽然疑惑，我却没有说出口。将书借出来才知道，这套书共有四册，1978 年由商务印书馆在未获得作者授权的情况下引进并作为"内部发行"的。《光荣与梦想》还有个副标题——"1932—1972 年美国实录"。作者威廉·曼彻斯特，是 20 世纪 40 年代以来，美国《巴尔的摩太阳报》独占鳌头的记者和作家。包括他的《光荣与梦想》在内的十部著作，曾被翻译为十七种文字和盲文，畅销世界。

在没有将《光荣与梦想》第一册送到辅导员手中时，我在犹豫，当初不知道是几卷本的，我是否要将这部书四册一同借出来呢？

犹豫的过程里，我浏览了这第一册。这部书是美国的一部断代史，作家充分运用新闻报道的特写手法，根据大量的美国报刊资料和采访材料，勾画了从1932年罗斯福总统上台前后，到1972年尼克松总统任期内“水门事件”的四十年间，美国政治、经济、文化，以及社会生活的全景式画卷。

看过书的开卷，“最惨的一年”——1932年美国经历的“经济大萧条”，对竞选上任的罗斯福总统还没有充分了解，辅导员就来找我了。他并没有向我要书，而是给我写了一个地址。然后他说，好像你在××大学有中学同学，你在去看你同学时将书送给这个老师吧。辅导员的语气听上去像是在命令我。

那时候西安的公交车不多，位于西安南郊的那所大学，感觉中距西北大学很是遥远。周末时，我几经辗转来到那所大学，先见过我的同学，然后按图索骥，找到那个老师的宿舍。

房间的窗户两边各有一张床，一边坐了一个人。我敲门走进去时，两个人同时从床上弹起身。好像已经等待我多时了。一个中等个头、皮肤略黑的人对我说，他是我辅导员的大学同班。他指着旁边的高高瘦瘦、戴着眼镜、白面书生模样的人说，书是帮这位老师借的。说完，他很不好意思地连说抱歉，说他还有事，得先走一步。

那个白面书生老师招呼我坐在对面的一个方凳上，倒了一杯水。我手里端着水杯，眼睛不好直视他，“王顾左右”中，就看到这个老师靠墙的床头上方，有一块很深的形如瘪了的毛糙皮球样的污渍。我走神地想了好一会儿，明白了是脑袋靠床头时日积月累绘出来的痕迹。

书生老师问了我一些什么，可能是大学里的事情吧。然后他说，这部《光荣与梦想》他想看很久了，但是他们学校图书馆竟然没有，只好求助西大了。他还说，他知道这部书有四册的，既然已经麻烦我了，能否在他读完第一册后，还书时继续麻烦我帮他借第二册。见我爽快地答应了，他很高兴，他说下次就不让我跑这么远送书了，他会去西大取的。

《光荣与梦想》第二册书从图书馆借出来，我等待书生老师来换书时抓紧阅读。第二册里，历史已经进入了“二次大战”。我刚刚看到“中途岛海战”——太平洋战争的转折点，书生老师就来西大取书了。

一来二往的借还书中，我对书生老师有了些了解。书生老师从小寄宿在外语学校，是耳朵里灌着“伦敦音”长大的，1978 年应届毕业参加高考时，他顺利地考到北京二外。难怪他的普通话里掺了浓重的京腔。

西安的秋天很短。书生老师来还《光荣与梦想》第四册时，已经是冬天了。当第一场雪落在西安时，那天傍晚，我在宿舍里自习，叩门声响，他走进房间，顶着一头的雪花，带着户外清新的空气，身着一件军绿大衣，看起来比往日高大魁梧，且有几分英气。那一刻，坦白地说，我的心底竟有一种莫名的震颤，呼吸短促着，脸也有点发烧。我对自己的走样很是羞恼。好在他在忙着擦拭蒙了雾气的眼镜，没有发现我的反常。

四册书已经换借完了，我们的交谈似乎也失去了固有的目标，像户外的雪花，自由舞蹈之后骤然飘落得茫茫然。

因为下雪，这次，书生老师没有骑自行车。我担心他赶不上晚班公交车，很希望他早点去车站。于是我先起身出门，主动要求送他。雪花飞扬的校园宁静而美丽，一路上我们没有说任何话，安谧中聆听着脚踩雪地的吱吱声响。

大三的第二学期开学时，我收到了书生老师的一封厚厚的信。信的内容没有令我激动，反倒使我烦躁不堪。它来得太早了，我还没有心理准备。内心里希望那个飞雪的夜晚，很有弹性的吱吱雪声能绵延下去，不要那么快就失去了原有的静谧。而信里却要求我即刻做出答复——yes or no。

这个时候，我才发现，我们俩就像是两个捆扎严实的包裹，被有意或无意地扔到了同一辆邮车上，虽然同行了一段路，彼此却并不真正了解。

我看着信，烦乱之中，不由自主地拿起笔来修改了里面的错别字。实在没有想到，书生老师在得到我的等我毕业再考虑的答复后，会要求我退还这封信。而我竟然愚蠢得真的退还给他了。

在我做了编辑之后的多年里，每每修改作者的作品，我都会想象着书生老师当时在看到这封被修改了的信时，一定比得到我的答复还要受伤害。

若干年后一个干燥无雪的冬日，书生老师来到编辑部。他理着板寸平头，略微发福的身上穿了一件黑色皮夹克。他有些犹疑不定地走进我们当时开放式办公的编辑部。

我完全没有认出他，以为是上门送作品的作者。

坐在对面，我们长时间地沉默，这是无法跨越长长的一段陌生时空的沉默。然后，他告诉我，已经在美国工作多年的他，这次是因为即将举家迁往大洋彼岸，专程来向我道别的。 他说，走之前他必须得告诉我，当年他是作为“猎人”瞄准目标与我相识的。 事先的一切都做了安排，我却傻瓜一般浑然不知。然而，没想到“猎物”还是从圈套里逃脱了。

他苦笑着说，人生有三大悲哀：一是不懂得如何做选择；二是不坚持自己的选择；三是一生都在不断地选择。 他说：“你的问题出在不懂得如何做选择，而我则没有坚持我的选择。”

他说很后悔，当初不该借《光荣与梦想》：“这个书名像是早就预示了将有终生遗憾的梦想不能实现。”

那年的圣诞节，我收到一封印有 USA 邮戳的贺卡，信封上没有地址，里面也没有落款，只有四个大大的字：“圣诞快乐！”悬挂在贺卡的半空。 这笔迹在我没有做编辑之前见过的。

当初，《光荣与梦想》的第四册因为借阅的时间到期，我没有读完就交还图书馆了。

这是一次没有完成的阅读。

先　生

几年前，我的生活发生了变故。颠沛流离的日子开始后，心里清楚我今后的每一天，都将自顾不暇，实在无力关照我多年来一本本积攒下来的书籍。无奈，只有忍痛离它们而去。

前不久，这些书籍失而复得。再次见到它们，真如同与失散多年的老友重逢，喜悦之情难以言表。

掸去多年的浮尘，我小心地将它们一本本装入事先备好的四十多个购物袋里。然后，我一趟一趟搬到楼上，摆在了新购置的一个书架上。

整理分类时，见到了好多当年上大学时，给我们授课的先生的著作。其中有一本，是上大学二年级时，教授我们“鲁迅思想研究”的张华先生著作《爱情自由的历程——鲁迅胡适郁达夫徐志摩的爱情婚姻与家庭》。在这本书的扉页，写着一段话：

记得当年给你们讲“鲁迅思想研究”课时，曾发一表叫你们谈一下对鲁迅的认识。你填的那张表上说：“鲁迅对朱安太‘那个’了。”我印象颇深，遂注意搜集资料，在本书中，把

‘那个’的原委和表现一一道出，不知符合你的原意否？——据当年给你们讲课已十有四年矣！

这是张华先生送我的著作，签注日期是 1997 年 12 月 3 日。记得那年冬天的一个傍晚，我正准备下班回家，一名学生模样的女子，找到我们当时混乱不堪的隔断式办公间。她说，她是张华老师的研究生，张华老师特意嘱咐要将这本书送到我手上。

我看着张华先生的这段话，只有汗颜。当年的少不更事，才有课堂上的幼稚之举。究其原因，是我自己生活在一个重男轻女的多子女家庭，而且又是女儿中排行老四，平时低眉顺眼地、小心翼翼地看着父母和哥哥姐姐的脸色行事，造就了内心的敏感。除了敏感，我所拥有的只剩下自卑。所以，我极其在意各种情况下女性的遭遇，在意不同环境下人们对女性的认知和态度。于是，在根本看不懂鲁迅与朱安的婚姻关系究竟错误何在时，只怀着单纯的对女性——朱安的同情，就给张华先生留下了那句话。

读过张华先生的这部书，又有了多年生活和情感的磨砺，我逐渐意识到，对朱安的单方面同情，这于鲁迅先生也是不公平的。

但在女性一方面，本来也没有罪，现在是做了旧习惯的牺牲。我们既然自觉着人类的道德，良心上不肯犯他们少的老的的罪，又不能责备异性，也只好陪着做一世牺牲，完结了四千年的旧账。

做一世牺牲，是万分可怕的事；但血液究竟干净，声音究竟醒而且真。（鲁迅《热风·随感录四十》）

朱安在鲁迅先生生前，是鲁迅先生“为母亲娶来的一个儿媳妇”，在鲁迅先生逝世后，是“鲁迅先生的遗物”。

过去大先生和我不好，我想好好地服侍他，一切顺着他，将来总会好的。我好比是一只蜗牛，从墙底一点一点往上爬，爬得虽慢，总有一天会爬到墙顶的。（乔丽华《我也是鲁迅的遗物：朱安传》）

朱安一生的心愿是做大先生鲁迅真正的太太，而鲁迅却始终坚持没有爱的性是可耻的。是否与许广平结为伴侣，鲁迅内心是经历了一个漫长的挣扎过程的，远远比我对朱安的单纯同情要复杂得多，也负责任得多。与那些“谈色变虎”的男人，与那些随时将灵与肉分离开来的男人相比，我个人感觉，鲁迅是真正的男人。

张华先生客观、温厚地叙述了这四位杰出现代知识分子的爱情婚姻与家庭，让我们从中了解到 20 世纪三四十年代的一些历史事实，也从私生活的视角探视到现代知识分子心态的一个侧面。张华先生在书的后记中写道：

本书是在先母逝世后不久开始动笔的。先母龚维荃女士，生于 1907 年，早年负笈东洋，30 年代初回国，从事中小学教育 30 余年，先后执教于安徽、湖南、四川、江苏四省，培育的学生以千计，可说桃李满天下。1990 年去世。先母仅抚育我一人，对我期望甚殷，但我半生坎坷，在她晚年也没能很好地赡养。

张华先生的这部著作，1993 年 7 月由陕西人民出版社出版，封面设计有一大疏漏——没有排上著者的姓名。

张华先生是江苏省南京市人，20 世纪 50 年代初由青岛山东大学中文系毕业，后就读北京大学哲学专业研究生，毕业后到西北大学工作。

1955 年张华先生到西北大学中文系任教不到一年的时间，机会眷顾了这个二十二岁的北大才子。按当时学校规定，大学毕业要工作四五年之后才能走上讲台的，因为有一位女老师休产假，张华先生作为代课老师提前站在讲台上，代了一个学期的课。

张华先生的课讲得十分好。之后，张华先生又被选入一个由众多学者组成的宣讲小组，经常被请到外面讲座。于是，遭到同事的羡慕嫉妒恨。1957 年反右运动中，二十三岁的张华先生成为右派分子被发配到陕南山中。之后，是二十多年沉默而艰辛的岁月。

1949 年之后的中国，大大小小的政治运动，对中国人最大的伤害，就是一次次将中国人人性中的恶诱发出来。无休止的政治运动和政治斗争里，没有朋友之情、没有夫妻之情、没有父子之情……

1981 年，张华先生终于重返讲台，为西北大学即将毕业的 1977 级中文系开“鲁迅思想研究”的选修课。张华先生上课的第一句话是：

这是我一生中所讲的第二堂课！

二十多年的悲怆、痛苦与坚韧不屈，似乎全由这句话喷散开来。

就在张华先生重返讲台的 1981 年 7 月，高考彻底改变了我的人生命运。作为华阴县文科第一名，我顺利地被西北大学中文系录取。来自华阴县一个企业子弟学校的我，读书与见识都少得可怜，拿着录取通知书，我在喜悦中自卑着，我知道自己其实就是井底之蛙。

我们班的同学，来自全省各地，后来了解到，他们也大都是各县区的文科状元。他们说，他们也是井底之蛙。然而，我明白，井底之蛙与井底之蛙看到的那片天空是不一样的，他们头上的井口半径远远大于我头上的。他们当中，有满腹唐诗宋词不时地往出涌的；有吟诗作文信手拈来的；有擅于思辨出口成章的；还有读过《资治通鉴》的；更有不仅读过《红楼梦》而且还敢一进校就给红学研究专家周汝昌写信的……

我们 1981 级入学时，适逢五级学生同读（1977—1981 级），西北大学教室紧张，临时增建、改建了几间简易教室。我们中文系 1981 级的上课，就被安置在西大西门里简易的第六教室。这间毫无装饰的平房，屋内放了一排排同样简易的课桌和连排椅，屋顶苫着石棉瓦，墙面未抹白石灰，檐角甚多缝隙，没有暖气设备。外面下大雨时，石棉瓦的连接处，落下的小雨滴在我们的课桌上；外面下大雪时，我们的头顶也飘落下柔柔的雪花。来为我们授课的先生，在日渐寒冷的冬天里，不得不裹得严严实实。上课需要板书，老先生们尽量将衣袖卷起一截，但下课时衣袖仍然会沾染着粉笔末。

1983 年春天，在我们大学二年级的第二学期，终于搬进了新的教学楼。新学期开始，我们班的 6212 教室里，走进来一个穿着整洁，斯文儒雅，宽大饱满的脸庞上，戴着一副近视镜的先生。他站在讲台上，看着教室里的学生——这是三十九张稚嫩的面孔，明显比他教过的前几届学生低龄许多。他的声音和缓，用标准的普通话对我们说，他叫张华，这学期将由他来讲授“鲁迅思想研究”。

接着，张华先生又对我们说：“只要把鲁迅弄明白了，就能明白中国。明白了中国，才能研究中国的文学！”

西北大学中文系从1977级到1980级四届的学生，即使同一班的学生，年龄也是参差不齐的，有老三届也有新三届，有历经“文革”运动、上山下乡、工厂机关的，也有应届毕业的学生，但总体上他们中的大部分，生活阅历都比较丰富，他们勤于独立思考，思维敏锐而活跃。许是面对那样一些经历特殊的学生，张华先生给前四届学生的授课方式，是引导学生讨论一些更深刻的话题。在“鲁迅思想研究”课程的试题中，张华先生还会出这样的考题：

请你设想一下，如果鲁迅先生活在1976年“四五”运动的时候他会怎样？

现在，面对1981级，大都在十八岁左右的年轻学生，张华先生已经意识到，这是一个正在建立“完全人格”的学生群体，不仅正在构建着最基本的文化知识谱系，也正在完善着文化精神立场。他要略微改变一点授课的方式，才能建立起与学生的交流平台。

于是，张华先生说，讲课之前，我想先了解一下学生们对于鲁迅已有的认识。

那天，同学们交上去的一张表，或长或短写了一些真实的思考。其中，就有我写下的：“鲁迅对朱安是不是太‘那个’了。鲁迅对朱安公平吗？”

在第二节课上，张华先生挑选了几名学生交上来的文字，讲述了学生反映给他的对鲁迅的认识，以及对这门课的期待。张华先生没有说出学生的名字。这时，我完全没有想到的事情发生了，张华先生开始念出我呈上的文字。张华先生其实是用赞赏和惊喜的语调讲出纸上的内容的。然而，一贯不善出头露面自卑的我，哪里还听得出好坏呢？还以为自己当众出了大丑，羞愧得脸一下子涨红了。这样的窘态，我想，即使张华先生没有指名，同学们也都能看出来，这句话究竟出自谁人之手了。

那以后，我再上张华先生的这门课，就总是处于紧张状态，认为自己做错了事说错了话，心中忐忑不敢直视张华先生的脸。有一天，当张华先生终于讲道，鲁迅与朱安每天只有三句话：早上太太喊先生起床，先生答应一声“哼”；太太喊先生吃饭，先生又是一声“哼”；晚上先生睡觉迟，太太睡觉早，太太总要问门关不关？这时，鲁迅才有一句很简单的话“关”或是“不关”。

讲到这里，张华先生停顿了一下，说，鲁迅对朱安确实有些“那个”了。课堂上的同学们也由此产生强烈共鸣。这时，我才为我的幼稚“诘问”释然，心情松弛下来，抬头聆听张华先生讲课。

张华先生讲课时板书不多，要讲的内容也很少低头看教案，却也能把作者原话大段大段讲出来。他讲课的节奏与他平时走路一样，不急不缓，让我们既跟得上记笔记，又不耽误聆听。一学期下来，张华先生以他深邃的洞察和反思，诠释着鲁迅的思想。我也在他授课中，理解着鲁迅的作品和鲁迅的精神。

张华先生曾经饱经风霜，更是桃李满天下，而且不论男生还是女生，崇拜者甚多。学长们这样评价张华先生：才情、学问两富，心性、眼界双高，从不轻许前人和时人。

作为鲁迅研究的著名专家，张华先生把现代和当代文学精神有机统一在一起。在学术研究之余，张华先生还创作了很多随笔和散文，亦堪称学者作家。

2011年，我们中文系1981级，隆重举行了入校三十周年班庆活动。座谈会上，我们请来了当年为我们授课的业师。当年比我们现在还要年轻几岁，如今头飘霜白、步履缓慢的先生们，在我们女生眼中，除了对他们日益渐浓的尊敬之情，他们就是可敬可爱的老人家。而当我们的目光专注在正讲话的张华先生身上时，我们却有了性别感——一种男人的魅力依然勃勃生发。

那天，张华先生身着一件淡绿色的夹克衫，头戴一顶运动帽，精神矍铄，讲话声音潺湲流水般，三十年前的风度犹在。我们班上在西北大学任教的同学说，张华先生每次出门，衣着不曾有一次马虎邋遢，即使是在家属院内散步，也一定要穿戴整洁干净，哪件上衣配哪条裤子，甚至头上的帽子也有讲究。

其实，张华先生不仅外表从不苟且，内心也不容染半点尘埃。经历半生坎坷的张华先生，如今已是八十岁的老人家了。每天，他的最大乐事仍然是读书，和到书店购书。他说自己：“离开讲坛多年，渐入老境，以胡翻书、乱涂鸦自娱。”

回忆那二十多年的寂寞人生，张华先生的神情超然恬淡，清和流逸，早已处在那段生活的河流之外。怀想起年少时求学读书的往事，张华先生的眼神是充满光彩的。

2011年一个冬日，西北大学中文系1977级的三个学长和我们1981级的两个女生与张华先生聚会，因为刚好是辛亥百年，自然会说到民国。

我们问张华先生，在民国生活了十五年，对民国的印象是什么？

张华先生慢条斯理，没有正面回答我们，而是讲了三件事：第一件，抗战爆发后，民国政府首先将战区的学校转移到安全的后方，重新整编，成立了国立一中到国立二十三中，先生当时就读于国立八中，辗转到湖南；第二件，当时的报纸是有自己独特风格和个性的，决不会在两种报纸上看到重复的内容；第三件，蔡元培先生和胡适之先生，更看重人们称呼他们“先生”而非“北大校长”。 因为“先生”是对学问和知识的认同和尊重。

我的大学同班同学、学者刘炜评说：“我们聆听了张华先生的“鲁迅思想研究”。 像张先生那样真正既有学问又有思想的教授，在中国大学里并不多见。”

刘炜评还将受业先生课程的感受，记录在一首五言诗中：

小子出野里，幸与张公亲。
醍醐灌我顶，指点别迷津。
先生富才学，淹贯非俗伦。
著述彰识见，法眼辨诳真。
素衣自惜爱，心镜不染尘。
故京设绛帐，开坛满座春。
传道唯一念，授业无二心。
岁岁播慧雨，桃李遍三秦。

刘炜评对张华先生的崇仰，不仅是他个人的，也是我们全班的。 1979 级学兄杨乐生，也是张华先生崇拜者，他看过刘炜评这首诗笑道：“写得直白了些，但很真切、准确。”

刘炜评说得对。 张华先生，是真正的先生。

以后的事谁做主

清明的前几天，父亲又走进我的梦中。

父亲，你在想我吗?

父亲长眠于长安的枣园。

枣园没有枣树，枣园最多的是松柏。

枣园依山而立，面朝一片原野，原野间依稀可见一条小溪。北方缺水，但凡见水，哪怕是窄小的沟渠，大都被称作了“河”。所以，枣园亦可谓依山傍水。

枣园，在仍旧站立地面的人看来，是个清静肃穆的地方。

父亲告别这个世界之前，已经晓得自己将在枣园长久安身。父亲不信鬼神，但父亲喜静。按现在的说法，父亲很想做个宅男的。然而，这只是父亲的愿景。

六十岁退休之后，父亲从位于华阴县桃下镇的企业——十冶，来到西安。父亲对我说，他不能就此闲在家中，为了小儿子的未来生活过得好，他要趁自己身体健康多挣些钱。

父亲一边吃着小女儿为他做好的饭菜，然后嘬一口酒水，一边认真地对小女儿说出这番话。父亲丝毫没有想过这样偏心眼的话，可能会伤着小女儿的心。就像困难时期，父亲毫无顾忌不辞辛苦满大街给大儿子寻找白面馒头一样，而啃着玉米面窝窝头的女儿们心里是否委屈，不在父亲的考虑范畴。“女儿是泼出去水”，女儿的肠胃和未来的生活，是女儿自己或是“人家”的事。这是父亲根深蒂固的观念。

写这篇文章时，跳出一则消息，澳大利亚科学家推断，五百万年之后，男人将从这个世界消失，因为决定男性的 Y 染色体将逐渐衰退，最终导致男性灭绝。女性将独自繁衍后代。

这真是一则“坑爹”的消息。

不过，即使这一推断成真，我想，中国的父亲们或是父母们也不会惊慌失措，他们一方面会庆幸，五百万年，那是多么遥远的未来哦；另一方面，他们更加看重目前还“有种”的儿子。

还有一则消息，是几天前家人在报端上看到的。说在某个城市，一年轻女子当街生下孩子，女子将孩子放在冰凉的街道石阶上，然后匆忙独自离去。文章义愤填膺谴责了这个母亲的冷血，却让读者忽略了追问：“造孽”的那个男人又在哪里?

五百万年之后，肯定不会出现这种人性沦丧的荒诞之事，那时候，女性可以无性繁衍后代，可谓又当爹又当娘。而且，女性想生，或是不想生孩子，全由女性自己做主。相信那时不会再有无奈生在街道上，然后抛弃孩子的冷血母亲了。但是，这要等待漫长的五百万年哦!

扯远了，现在回到父亲的话题。

1993 年，来到西安的父亲，很快应聘在一家企业，继续做了他的老本行——会计工作。直到小儿子结婚，父亲才彻底回到家中。

宅在家中的父亲，与这个世界保持着若即若离的联系。房前屋后，种了花草，养了几只小兔子和两只鹦鹉，闲下来时，看看电视里真真假假的新闻，翻翻女儿编辑的杂志，心血来潮时，还提笔写上一篇小文，交给女儿。自然，只看文面不看人面的女儿，并没有假公济私刊发父亲的随笔。节假日，女儿们来看望他，他也很高兴，兴致勃勃聊聊国家那些事儿。

这是父亲一生短暂的宁静日子，很快小孙女的出生，让父亲忙得项目多起来。

总感觉，父亲的好日子刚开始序曲，便匆匆落了幕。父亲走得早了些，父亲离开我们来到枣园时，只有七十岁。

喜静的父亲，本来在枣园高台之上的第一排，前面只有一棵说不上名字长不高的小树，左右也没有什么邻居。九年之后的现在，不仅父亲的前面，小树旁边小小的空地硬是挤进了两个邻居，左右也早已住进了人。这有点像了城市的状况，只要能栽进一座高楼，就不会空着位置。而且，枣园以及其他墓园的地价也与城市的房价一样，翻着跟头地涨了几倍。

活不易，死不起哦！

枣园里挤挤挨挨着墓碑，早已不似九年前的寂寥而安宁，喜静的父亲要么忍受纷乱和嘈杂，要么只有改变一下自己的性情。毕竟，人是群居的动物。想必那边的世界也是如此。

我的一个女友，三十多岁时，便开始感叹，她不怕一个人时的孤独，而怕与人相伴时的孤独。尤其担心这样的晚景出现：她的那个他，一定要尾随她坐在黄昏的宁静处，生生做出永相契、长相守之状，一同观赏晚霞燃烧的最后时刻。而更令她担心的，是他们两个辞世后，还要同眠于一座墓地里。

我笑她，年纪轻轻的，重在过好当下的日子，何苦杞人忧天预设未来？ 况且，黄昏之后的事儿，你怎能做得了主？

无论是枣园，还是千里之外更有名气的八宝山，细细想来，里面的情形毫无二致。 在这种地方，男人和女人埋在一起，仇人和亲人埋在一起，君子和小人埋在一起，好汉和懦夫埋在一起，唱高调的和老实疙瘩埋在一起，开朗活泼的和安静寡言的埋在一起，穿大裆裤的和穿西服的埋在一起。 他们有着各自的性情，怀着各自的心事倒在这里，他们活得精彩抑或不精彩，都抱着各自的恩怨化在了这里。

这些以后的事儿，是他们做不了主的。

悬河泻水中的沉默

1985年，我大学毕业，正值文学鼎盛时期，有幸进入陕西省作协大院，做了《延河》文学期刊的编辑。

现在门牌号是建国路83号的陕西省作协大院，曾经是国民党高级将领高桂滋的公馆。高桂滋公馆这个大院，院中有院，是个十分讲究的庭院式建筑，曾经有三个相对封闭完整的四合院，全部用青砖铺地，别有一番清幽古朴的感觉，每个院子，都种着较为名贵的树。当时的省作协机关在前边大院办公，《延河》编辑部和《小说评论》编辑部，则在三个四合院的其中两个小四合院办公。

曾经只在报刊书籍上见到的大名：胡采、李若冰、杜鹏程、王汶石、路遥、陈忠实等作家突然以活生生的形象，行走在省作协大院里，出现在我面前。

这些人中，有一个人，常在与《延河》编辑部相连的《小说评论》的四合院里走动，他的形象很特别，一眼望去似曾相识，因为这个人与鲁迅先生颇为相像。

我们这代人，从小到大，读的最多的作品是鲁迅先生的，能在图片中看到的最多的作家形象也是鲁迅先生的。曾经见过一幅版画作品，画面上是呈沉思状的鲁迅形象。

对照着记忆中的这幅版画，再看省作协院中的这个人——个头不高、浓密的头发、硬而直立的平头，一双亮晶晶炯炯有神的黑眼睛，瘦削的脸庞，尤其上唇修剪整齐亦浓密的胡子，真仿佛鲁迅就在陕西省作协院子里栩栩地出现着。

这个酷似鲁迅的人，就是大名鼎鼎的王愚。他是1985年1月创刊的《小说评论》的副主编。时任主编是省作协的党组书记、省作协主席胡采先生。所以，王愚当时实际是主持《小说评论》的编辑工作。

起初，我所了解的是有着各种头衔和荣誉光环的王愚：茅盾文学奖的初评委，陕西省作协书记处书记，闻名省内外的文学评论家……

我所看到的也都是思维敏捷、激情四射的王愚：每次省作协开会，或是一些文学活动上，总少不了王愚发言，此时，我们就能见识他过人的口才，他很少手拿稿子照本宣科，却能在不同场合，操着一口标准的带点京腔儿的普通话，或明快清晰、或高深莫测地援引古今，侃侃而谈，滔滔不绝……

说不来他讲话怎地就带着京腔儿，不过私底下聊天时，只要有说陕西话的人在场，他立马就能调整频道，一口地道的西安话流畅地悬河泻水。

1986年4月1日，《延河》编辑部召开纪念《延河》创刊三十周年大会，到会的有省委领导及新闻界、文学界作家、《延河》新老编辑等各方人士一百多人。当时的主编是白描，副主编是晓雷和闻频，老编辑张沼清还健在，作家子心时任编辑部主任，已故作家王观胜才调到编辑部任小说组组长。

这次会上，我见到的《延河》的资深编辑前辈有：王丕祥、余念、贺抒玉、杨韦昕、高彬、张文彬、董得理、任士增、路遥等等。

被誉为“天下第一编辑”，有伯乐精神的《人民文学》当时的资深编辑、常务副主编崔道怡曾不胜感慨地评价说：20 世纪 70 年代到 80 年代中期，《延河》的编辑力量太让人羡慕了，在全国所有文学刊物编辑部中，恐怕再也找不到第二家。

的确，那时期，主编是王丕祥，副主编为贺鸿钧、董得理、余念。王丕祥早在延安时期就在文艺部门担任领导，是一位具有很高政策水平和丰富文学工作经验的老领导。贺鸿钧即贺抒玉，李若冰的夫人，她早在 20 世纪 50 年代就是一位令人瞩目的小说家；董得理先是毕业于延安大学，新中国成立后又入中央文学讲习所深造，既通创作也懂理论，是一位在各方面都有着很高造诣的著名编辑家。余念即玉杲，20 世纪 40 年代就已成名的著名诗人。这三位副主编也都是“老延安”。小说组组长路萌，副组长高彬、路遥，编辑有张文彬、白描、李天芳等等。路萌、高彬也是延安时期的老人手，对文学作品具有很高的文学鉴赏水平，办刊很有经验。张文彬即著名女作家问彬，杜鹏程的夫人。路遥、李天芳等，在当时，他们的创作已如日中天，在全国有很大影响。诗歌组组长晓雷、编辑闻频，都是著名诗人。评论组组长陈贤仲，副组长王愚，编辑李星，更年轻的编辑李国平，哪一个都是重量级的评论家。陈贤仲后来调到湖北少儿出版社任总编辑，而以王愚、李星、李国平为核心的资深评论编辑，于 1984 年年底开始筹办以评论小说为主的理论期刊——《小说评论》，他们三人后来分别在不同时期担任《小说评论》主编，并且也在不同时期担任茅盾文学奖的评委。

难怪崔道怡要发如此感叹，这样一个编辑阵容，可以称得上是梦幻组合了，令我这个《延河》的后辈崇仰不止。

很遗憾，我没能赶上《延河》的那个辉煌时期，无缘与《延河》前辈编辑共事，不过，能与他们在一个院子里工作、生活，已是我此生极大幸运了。

在这次《延河》创刊三十年的活动上，王愚出色的口才令我敬佩，更因为了解到他早在 1956 年，也就是《延河》创刊不久，就进入《延河》做了理论编辑，而让我心生崇敬。

文学编辑这个职业，通常被我们做编辑的自称为“摆渡人”“为人作嫁衣”。尽管大多的作家，在他们初入文坛时，得到过编辑的发现和扶持，然而，一旦他们风光于文坛，当初编辑的工作就被许多作家看作微不足道了。文学界有一句流行语：一作家、二评论、三编辑。编辑的地位由此可见一斑。做编辑的最大苦恼，不是被这些作家成名后迅速遗忘，而是在文学事业发展过程中，尽管有编辑创造性的劳动在其中，但是，文学编辑的价值却没有得到普遍承认。

《延河》曾经因发表《红岩》《红日》和《创业史》而辉煌于文学期刊界。而《红日》的发表，出自文学编辑王愚之手。1956 年，时任《延河》的副主编魏钢焰从北京组稿带回来了吴强的长篇小说《红日》，交给王愚。此时，刚做《延河》编辑不久的王愚，审阅文艺理论来稿的同时，还兼看小说来稿。拿到吴强《红日》手稿，刚看了开头几章，就被吸引住了。待阅读完，王愚立即签上建议发表的送审意见，并且意犹未尽地连夜赶写了评论文章，认为《红日》是新中国成立以来优秀的军事文学作品之一。《延河》当下将《红日》选编了几章，随同王愚的评论文章同期刊出。后来，《红日》在中国青年出版社出版，并改编成电影，反响极好。吴强在看过《延河》发表的评论文章后，曾写信给王愚表达感谢。

说到这里，让我想起另一个与《红日》有关的优秀编辑——中国青年出版社的编辑吴小武。1950 年《人民文学》第 1 卷第 3 期，有一篇短篇小说《我们夫妇之间》，作者萧也牧，起初这篇小说很受欢迎，声誉鹊起，但是，接下来的一年多时间里舆情突变，小说和小说作者成为文坛头号批判对象。1951 年 6 月，丁玲主编的《文艺报》和《人民日报》发表文章，率先批评《我们夫妇之间》“歪曲革命知识分子形象”“丑化工农干部”等等，顿时全国一片讨伐声。作者萧也牧成为新中国第一个被大规模批判的作家。后来萧也牧弃用笔名，恢复原名吴小武，成功地转行为文学编辑，而且成绩卓著。在中国青年出版社文学编辑室工作期间，组织编辑出版了“三红一创”（《红岩》《红日》《红旗谱》和《创业史》），但是现实不承认吴小武，现实只记住了萧也牧，反右、“文革”，每次运动都不曾放过萧也牧。1970 年，五十二岁的萧也牧在“五七干校”死于非命。因为一篇小说，遭受十九年的批判、迫害，直至惨死。这就是中国当代文学史上最真实的一幕。

因为遇到了充分认识作品价值的如王愚、吴小武等优秀编辑，《红日》等等作品才得以公之于世，否则它们的命运究竟如何呢？翻看中国现当代文学史，每一章节都在评作品、论作家，却从来没有一章节是属于文学编辑的，而文学编辑在文学发展过程中是没有缺席过的。

由于与王愚不在一个编辑部，业务联系不多，只有参加文学活动时，才可能相遇。有一次，一个文学活动结束后，王愚和一个作家坐进省作协的一辆小车里，两个前辈都招呼我一同乘车返回省作协。那时，省作协的小轿车只有一两辆，但是我们这些小编辑却没少乘坐。进入新世纪，省作协高大上的轿车剧增，不过都成为领导的专属车，我们从此没有资格乘坐了。

那天与王愚和这个作家乘车回家的路上，作家突然与王愚发生争执，高一声低一声的。起初我听不懂他们为何争吵，担忧他们同在一个院子里工作，吵翻了今后怎么共事呢？然而，是我杞人忧天了。事后，王愚和这个作家关系如常——依然平心静气地交流和交往。那天快到家时，我才听明白，两人酒后的争吵，多为彼此的出身。作家高声嚷着，我知道你瞧不起我，我当然比不上你，我就是农民子弟。你出身高贵，你是富家子弟。平时快言快语的王愚，此时声音不仅难以拔高，而且也不再行云流水，他口将言而嗫嚅：我怎么会瞧不起你？我怎么会瞧不起你？

王愚究竟是何出身，竟然引发同事为此羡慕嫉妒？从老同事拉拉杂杂的闲聊中，我方了解。王愚有着显赫的出身，其父王一山，陕南旬阳人，十二岁时只身闯荡西安，先上军校，后从事陕西重大军事活动，辛亥革命时任炸弹队长，守藩库（财政局）有功。后与杨虎城一见如故，任十七路军参谋长，西安事变期间以陕西省政府民政厅长代理省政府主席，在这个大事件中，为中华民族立下了汗马功劳。四十六岁时王一山得独子王愚，故王愚自小受到百般呵护自不待言，但也因寄予厚望得到严厉教育。尤其三岁时丧母失恃，深宅大院中，王愚常常踽踽一人，孤独相伴，也由此使王愚少时就养成阅读和思考的习惯。

1955 年 10 月上海的《文艺月报》发表了王愚的《谈〈三里湾〉中的人物描写》文学评论，就此声誉鹊起。那年王愚只有二十四岁。紧接着，《文艺报》上又见王愚的《艺术形象的个性化》一文发表。1956 年，陕西省作协领导在看到王愚文章末端有“写于陕西”，便由《延河》编辑部的董得理先生，按图索骥找到王愚家中，邀王愚入《延河》编辑部做编辑。当时《延河》的主编是胡采先生，副主编是魏钢焰先生。

1957 年，任《延河》理论组编辑的王愚，应《文艺报》敏泽先生之约，撰写了一篇文章——《从文学实际出发》，针对此前周扬的文章和观点，对当时文学界，尤其是文学评论界的教条主义，以及违反艺术规律的风气进行了抨击。这篇文章尚未发表，反右浪潮铺天盖地袭来，于是，这篇已出清样的文章，成为王愚“反共、反人民、反社会主义”的“铁证”，地狱之门至此开启——先是打成右派被停职，强制劳动、监督改造、住牛棚。后又以“现行反革命罪”判刑五年，蹲监狱，劳改场烧砖、背砖，刑满就业看守仓库四年……1979 年虽然平反了，但是因为他是判过刑的“现行反革命”，为除掉强加于他身上的污蔑之词，他又反复奔走法院两年多。难以想象，身高不过一米六、体重不足百斤的王愚，是如何挺过这苦难的二十一年的？又是如何在生死边缘挣扎了二十一年的？

平日里，说起省事国事天下事文学种种事，妙语连珠，滔滔不绝的王愚，不论是显耀的出身，还是二十一年的苦难，我们都不曾听到他有只言片语，他既不炫耀自己阀阅门第的出身，也不诉说二十一年遭受的肉体与心灵的迫害。当我们这些后辈在老同事口中得知，血雨腥风的岁月里，王愚是做过右派蹲过监狱的人，小个子王愚的形象，立即高大威武了。在我们后辈眼中，这个经历本身已经与“英雄人物”无二了。然而，关于种种这些，王愚自己选择了不说，即使酒后也从不失言半句。

人们的记忆与失忆通常是有选择性的，就像张艺谋导演的电影《归来》，女主人公婉瑜，对于发生在中国的那段不可理喻、血雨腥风的恐怖岁月，无意识地选择了铭记与遗忘同时发生。而男主人公陆焉识尽管饱受灵与肉的重创——“改造”中的艰辛与痛苦，遭遇多年与家人分离，女儿举报，爱妻失忆……却在归来后悄无声息，顺理成章地接受了这些让人心碎的疼痛与伤害，天经地义与那段历史达成了和解。

往事真的如烟吗？大多的中国人，对于发生在20世纪50年代到70年代末的那段历史，不是选择做失忆的婉瑜，就是选择做接受命运摆布的陆焉识。王愚是做怎样的选择呢？是因为不堪回首，是因为苦到难以言说，有意将这段痛苦记忆删除了吗？在阎纲先生撰写的《为王愚安魂》一文中讲到一个细节：

80年代回西安，王愚请酒，交谈甚欢，突然，他的脸色变了，惊慌失措，非常害怕的样子，顺着他的视线望去，白光一闪，一位表情毫无异常的警察从前方走过，定身之后，他解释说，由于监狱里被专过政，见到警察就害怕，明明知道警察不会抓我，哎，习惯成自然，身不由己！

看到这里，不禁唏嘘不已。二十一年非人的遭遇，于瘦小而单薄的王愚就是一场噩梦。尽管噩梦已然结束，尽管冤狱的高墙已然倒塌，王愚已经在荣誉的光环照耀之下，然而，二十一年伤害至深，他无法轻松地走出痛苦的囹圄。由此，倘若我们不去理解王愚的惊魂难安与不悦，无疑是对他第二次的伤害。

有相当长的一段时间，省作协院子里经常有肖云儒、刘建军、畅广元、费秉勋、王仲生等评论界的大腕身影出现，我认识这些评论家也是从这个时期开始的。他们都是王愚领衔的“笔耕文学研究组”成员。

“笔耕文学研究组”成立于1980年12月，适逢改革开放的年代，成立之初由胡采任顾问，王愚、肖云儒、蒙万夫任组长，宗旨是团结西安地区的文学评论工作者，开展创作评论、研究活动，成员有十一人。

“笔耕组”没有任何活动经费，开展活动的场所，不是在王愚简陋的办公室，就是王愚的家中。这些思想活跃、艺术感觉灵敏的评论家，吸纳新鲜的文学理论成果，包括西方文艺批评论点，积极关注文坛动态，从艺术的角度分析衡量文学创作，对文学创作起到了直接的有益的帮助，同时张扬着各自的文学批评品格。很短的时间里，“笔耕组”就在全国产生了很大的影响，尤其对推动陕西文学创作走出陕西区域立下了汗马功劳。

陈忠实曾经这样评价王愚领导的“笔耕组”的历史作用和突出贡献：

我们不能忘记，王愚对于陕西新时期文学发展做出了重要贡献。从新时期伊始，王愚、畅广元、刘建军、蒙万夫、李星、肖云儒等陕西一批重要的评论家，以民间的形式组成“笔耕文学研究组”，一直关注全国的文学发展态势，尤其是对陕西新时期以来出现的这个作家群的关注和研究，陕西新时期涌现的主要作家，都在王愚和笔耕组的评论视野之内，尤其是那些发生过重要影响的作品，像路遥的《人生》、贾平凹的《腊月·正月》等这些作品都受到过巨大的关注，有过深入的研究讨论，产生了一批评论文章，对作家创作的进一步发展产生重大影响，对作家群体也发生重要启示，每当他们感觉有必要对陕西文学创作发展状态做一次阶段性的分析时，笔耕文学组就开会。这一段过程我是经历过来的，因为我也是被他们关注和评说的对象，在我是记忆犹新的，难以忘怀的。（陈忠实《心斋，一个海阔的文学空间》）

“笔耕文学研究组”另一个突出贡献是，在促进陕西文学发展走向全国的同时，也培育和支持了一批才华卓越的文学评论家活跃并闻名于全国文坛。

20世纪90年代以来的文学批评，不仅失去了80年代良好的争议氛围，而且在市场化现实秩序的冲击下，急速地滑向世俗层面，其中渗透了商业习气、市侩习气以及传媒习气。绝大多数的文学批评只停留在作品具体的表象之中，友情赞助式的文学批评大行其道。鲁迅曾说：

文艺必须有批评；批评如果不对了，就得用批评来抗争，这才能够使文艺和批评一同前进，如果一律掩住嘴，算是文坛已经干净了，那所得的结果倒是要相反的。［鲁迅《看书琐记（三）》］

在日渐华而不实、虚夸浮躁的文风氛围里，王愚曾对自己从事文学评论定下三准则：一、多一点理论建设，少一点尖酸刻薄；二、多一点认真读书，少一点随意而谈；三、多一点实事求是，少一点片面的深刻。作为《小说评论》的创刊人、主要负责人，他也将这种严谨的学风，渗透到《小说评论》的办刊过程中。一份杂志办得是否精心，体现在杂志的各个细节上。刊物的风格，其实就是办刊人做人做事的风格。面对普遍存在的文学批评的缺席或文学批评的堕落，《小说评论》这份学术期刊，能见出一种学术期刊鲜明朴实的风格和卓尔不群的风骨，恰似王愚文学评论的风格和风骨的体现与培养。

20 世纪 90 年代，《延河》编辑部、《小说评论》编辑部，还在年久失修四面漏风的老房子里。我所在的办公室后窗就是省作协的家属院。

1996 年 4 月初的一天，王愚夫人张素文先生，从窗户外递给我们一沓文稿，是美国“飞虎队”空军将领陈纳德将军夫人，陈香梅女士的一组小说：《窖门》《茶花怨》《秋之花》《女秘书及其他》。

时任常务副主编的子心和我阅读了陈香梅这一组小说，其中的《窖门》娓娓道来，言语不俗，写得极好。当时《延河》上有小说专栏——发一个作家一组小说，再配一篇对这组小说或作家创作的评论文章。我们向张素文先生建议，请王愚老师写一篇评论。张素文先生答道，王愚也有此意，只是突然中风，现在医院里，要看身体状况能否允许他完成评论。我们震惊之余表示，哪怕这组小说没有评论而留下遗憾，也祝福王愚先生早日康复。

然而，时隔不多日，张素文先生就从窗口将王愚的评论文章送来了。这篇题为《悄无消息到今朝——陈香梅女士小说四题小议》的文章，是王愚写于4月14日病榻辗转之时，文中写道：

> 1996年，陈香梅女士第四次访陕，对陕西省海外联谊会顾问陈祥林先生转达，一本散文集由陕西人民出版社出版，四篇小说由《延河》发表。桑梓之情，溢于言表，并且请我作点小叙，对背景略作详述。我当时表示义不容辞，既是美学的审视，又是名流的挥就。
>
> 对于《延河》编辑部，也愿意发表陈香梅女士的短篇小说，至少是一段难得不易的文字因缘。小说四题，特别是《窄门》《茶花怨》，对生存的沉重，力透纸背；对人生的转侧，如火如荼，文字的功力还在其余，文学的深沉时见精彩。很想对这几篇小说谈出一些较为特别的评点，可惜今年四月，我突然中风，脑梗死，脑血栓，言语紊乱，所幸陕西省人民医院几位医生疗治及时，还没有全部废弃。详细的评点，实在难以勉为，便趁在病床稍轻的时候，说些对陈香梅女士的涂鸦，也申明她的高谊，唐突之处，望请海涵！

这一组小说在1996年6期《延河》刊出之后，反响极好。《窄门》被各大选刊转载。

说到王愚，好像不说他的酒名就不完整。的确，王愚的酒名与文名比肩。其实他酒量不大，且每喝必醉。最初喝酒，大概是为在痛苦与黑暗的年月里，消解心中块垒，没承想一喝不可收拾。省作协院子里经常听到王愚酒后的趣闻，比如，醉酒后，王愚从不坐车，硬是走着回家，醉眼蒙眬中，还不忘纠正街道两旁牌匾的错别字；比如，醉酒后，王愚捧着一瓶酒下楼，不料脚下踏空，连着几个趔趄，头碰到墙上，站起来时，那瓶酒依然牢牢地抓在手中丝毫无损。王愚醉酒后，跌落到省作协前院的喷水池里，那次我倒是亲眼所见。那一日傍晚，王愚酒后踉跄着走进省作协院子里，本想坐在前院高桂滋公馆小楼前的喷水池边略微歇息，却因站立不稳栽进水池中，幸好被旅居省作协招待所要赶火车的路人发现，并及时拖出池来。《小说评论》现任主编李国平形容王愚："三日不饮酒，觉形神不复相亲。在酒的燃烧中，王愚这个矛盾体，在忘却着许多，向往着许多，争取着许多。"

1996 年这一次的突患中风，很伤了王愚身体和情绪。一向口齿伶俐的他，一度几乎失语，后来虽恢复如初，各种场合依然纵横捭阖，然而，从此听从医生警告，彻底戒了酒。朋友都在感慨：不喝酒的王愚是否还是完整的王愚？

2002 年，我搬离住了十七年的省作协院子，而王愚也因再次中风，身体状况大不如从前，就很少与他在院子里相遇了。偶尔见到的王愚，是一个步履缓慢、低头不语的老人。

2008 年之后，我又因挂职米脂县政府，而远离了省作协院子，与文学圈也渐行渐远，更少机会再见王愚。

2010 年清明节，一个噩耗传来，王愚因患肺癌去世。当时，我在米脂挂职尚未结束。

王愚早已知道自己身患肺癌，然而，他选择了隐瞒，选择了沉默，选择了承受。直到八个月后，因为再也无法照顾已经确诊患有结肠癌的老伴儿，王愚才不得已公开自己的病情。难以想象这八个月里，一个八十岁的老人，承受的该是怎样的痛苦。

我病逝的父亲得的就是肺癌。当年，我眼见日益剧增的疼痛摧残着父亲却无能为力。好在父亲身边还有我的母亲和四个女儿悉心照顾，而王愚却是独自一人在家，该吃饭了，他就拖着病体下楼，在省作协家属院附近的一家麻将馆里，让人为他带一份外卖。

2010 年 3 月，我从米脂回到西安，在省作协，见到《小说评论》主编李国平。他说，王愚拒绝住院，拒绝人去探望，并且说他死后不要举行遗体告别，不开追悼会，不保留骨灰。他请求说，就让他无论活着还是死去都保留一份尊严。

那天，我本想去王愚居住的省作协家属院看望老人的，可是，想到了王愚那句掷地有声的“尊严”，我止步于那条通往省作协家属院的金家巷口。

王愚是在病逝前的十几天才住进医院的。他生命的最后几天，病房里大模大样走进一个小偷，偷走了王愚病床枕头边的一个小包。王愚眼睁睁看着小偷拿走了这个里面只有十元钱的小包，却没有任何力量阻止。

让王愚着急的是包里有一个多年使用的通讯录。王愚只会用这样传统的方式与他人联系，对王愚来说，失去了这个通讯录，就意味着阻隔了与外界的一切联系。

王愚是参透了最终告别仪式上的场景吗？平时很少见面的熟人、朋友、同道，在殡仪馆院子里相遇，带着惊喜互道问候，寒暄，感慨。然后，怀着真诚，或是佯装的真诚，向曾经的一个鲜活的生命告别。之后，又各奔东西，该怎么活着还怎么活着，丝毫不会因为失去了一个故人而改变什么。

我们没有听从王愚的临终遗言，还是去向他做了最后的告别。那天很多爱赶各种会议、凑各种热闹的忙人没有出现，所以，王愚老人走得很清静。这大概正是他所希望的。

2014 年 5 月，我随作家莫伸去陕南的旬阳县参加一文学活动。一直期待着有机会去旬阳的，因为这是王愚的故乡。虽然其父王一山年轻时就走出旬阳，而王愚也是西安生西安长，但是，故乡始终以他们父子俩为荣，并为王愚建立了纪念馆。

“王愚纪念馆”开馆于 2013 年 10 月，坐落在旬阳县城关镇原来的一座小学校园，走进院中，迎面是王愚先生的一座形肖神似的半身雕像，在院中一座三层小楼的二层，依王愚在省作协家中的会客室、卧室的原貌设置，摆放着他用过的桌子、椅子、笔墨和一书架的藏书，以及王愚珍贵的手稿等等。

我默立王愚“家中的书架”前，感受着书籍散发出的他的气息。想起多年前我去王愚在省作协的家时，曾在他家客厅兼书房的昏暗灯光下，看到过这一整面墙的书籍、两把省作协最多见的老旧藤椅、一个老式的书桌，书桌上是一摞摞的书籍和杂志。

比起“王愚纪念馆”复原的家，王愚真正的家逼仄、凌乱又清贫。

离开“王愚纪念馆”时，纪念馆负责人送我一套四卷本《王愚文集》，沉甸甸的。文集出版于 2013 年 3 月，由王愚夫人张素文先生拖着病体整理编辑。在文集编后记里，张素文先生有一段话，读得令人窒息：

从王愚走后，我的心情就没有好过。我现在才真正体会到什么叫“世态炎凉，人走茶凉”。王愚在时，来求王愚写序的，题字的，看作品的，叫写文章的等等。来人不管吃饭、休息与否。

可是王愚去世以后，情况大变。过去来人见了老王和我，嘴上不停地叫着：王老师长、张老师短的，说一些酸溜溜的奉承话，能把王愚捧上天。现在真正体会到人们常说的一句话：“过去门庭若市，现在门可罗雀”，一点不假。

这真反映了现实是多么残酷和无情。因文而罹祸，坎坷半生的王愚，也因文而得到鲜花和喝彩。谷底与巅峰的境遇他都经历过，他本就不是等闲之辈，自不待言，他早已看尽尘世人生，参透“现实的残酷和无情”。不然，王愚不会总结自己一生：也无风雨也无晴。这风轻云淡之中是睿智，是宽和，是仁爱，是豁达，是深厚的阅历而生成的胸怀和心境。只是此刻，他如何能安抚年迈体病为他备感不平的爱人呢？

亦静亦动玉华宫

第一次去玉华宫，感觉路途特别漫长。

中秋，与近二十位陕西散文女作家，一同前往距铜川市三十七公里的玉华宫景区采风。

女人们在一起，话题繁杂，谈了工作，说孩子，说了孩子，聊服饰，最后，连一向不大关注的时政都讲到了，仍没有到达玉华宫。

大多人对玉华宫的认识，以为这不过是一个游乐场：夏日里浓荫蔽日，凉爽宜人，登山、滑草、消暑休憩。冬日里群山素裹，玉树银花，滑雪，玩雪，寻求快乐。而无论哪个季节来，都可以住在山脚下小木屋里，享受设备齐备的宾馆服务，吃着可口的农家饭菜，然后打着饱嗝到林间小路散步，或是在网球场上一试身手。

这些，自然都可能成为到玉华宫景区旅游的理由。但是，大多数人没有想到，初建于唐高祖武德七年（624），于唐太宗贞观二十一年（647）形成规模的玉华宫，算起来竟有着超过一千三百年历史了。

在陕西这地界，真真是了不得，随便去一个地方，就能追溯到上千年的历史。所以，要去玉华宫，仿佛在穿越一千三百年的光阴，心理上的路途漫长，也就可以理解了。

傍晚时分，进得玉华宫景区院门，大大的不知哪里是尽头的园子，静静地、悄悄地坐落着，曲径通幽的小路上，不时地在茂密的树丛中隐约着一座座民房，炊烟袅袅；成熟在即的大片大片玉米，生动地挺立在徐徐晚风中，沙沙沙地曼妙着舞姿，又像是生产在即的骄傲母亲，正与腹中儿女轻声细语。再向深处走，湖水碧波粼粼，连绵起伏的乔山矗立，气势宏阔、层碧叠翠，松涛翻卷。

玉华宫景区先以与众不同的静，赢得了人心的向往。这份静中，蕴含着淡雅高贵；蕴含着内在的气度。是寻寻觅觅好久，得来不易的那种古筝独奏中高山流水的安宁；是摩肩接踵的拥挤景区旅游中，难以获得的轻松怡然。不由得一种幸运感油然而生——竟走进了一种境界吗？

玉华宫存在的意义，便是缘于了这份境界。

这份境界因一千三百年前一位伟大的人物而生。

这位伟大的人物，就是唐代的高僧，著名的佛学家、翻译家、旅行家、哲学家，也堪称出色的国民外交家——玄奘。

唐玄奘西行取经的故事，我们不陌生。当年他孤身涉险，历尽艰难，往返十七年，行程五万里，亲历大小一百一十个国家，目的是西行求法，寻求释迦佛之本意，试图统一中国佛教各种异说，从而更好在中土大地上弘扬佛法。回国以后，玄奘所从事的一切佛教活动始终得到了唐王朝的大力支持。唐太宗对玄奘学问才华和气质风度都很赏识，认为他很有政治潜能，因此，曾劝说玄奘还俗从政。玄奘婉言谢绝：西行求法，就是为了弘法传教。今后心愿，乃在翻译佛经。

我们所了解的玄奘的故事，后来停留在了西安的大慈恩寺，知道玄奘在此悉心从事翻译佛经。我们也多少知道一点，永徽三年（652），玄奘奏请唐高宗，建塔以安置经像。于是，在大慈恩寺的西院，一座高大的成为西安标志性建筑的“大雁塔”因此落成。玄奘：

亲负篑畚，担运砖石，首尾二周（年），功业始毕。

进得玉华宫，我们才知道，玄奘的故事，在大雁塔之后还在延续。

玉华宫本是一座皇家避暑行宫。显庆四年（659），玄奘法师为免除琐事纷扰，奏请唐高宗皇帝恩准，带着门徒移居玉华寺，专心翻译印度佛经。他在玉华寺四年时间里，译完了长达二十万颂的辉煌大典《大般若经》。

于是，玉华宫有了这份与大师相伴的幸运。

唐玉华宫的肃成殿遗址，玉华寺期间更名为肃成院。是唐代玉华寺佛教活动中心，也是玄奘法师的住宿、理佛以及圆寂之地。

悬崖峭壁间开凿出的石窟，苍绿环绕，庄严静穆。点点滴滴的水珠顺着风化的石窟岩壁静静地滴落，仿佛在诉说着那段辉煌的往事。

唐代中期的玉华寺，因玄奘大师而享誉海内外。玄奘大师在玉华寺译经期间，佛界名流汇集玉华寺，国外也有不少高僧纷纷来玉华寺求学。他们把玉华寺看成了世界上又一处佛门圣地，一时间，玉华寺成为闻名世界的著名佛寺之一。

肃成院内，至今还有一条宽一步之遥的小溪，汩汩的溪流之上，现在被景区管理部门覆盖了厚厚的透明玻璃。当年，历经千难万险的玄奘法师，竟然被这么一条小溪绊倒了，之后便一病不起，于麟德元年（664）二月五日夜半圆寂于玉华寺肃成院。

中国的佛教圣景，多有参观游览人聚，不知是山水引导了人们前来宗教膜拜，还是宗教引导了人们蜂拥旅游？双手合十站在佛像面前的旅游者，心中究竟有多少虔诚和神圣呢？无论多么深奥的宗教教义，也有可能被大多的旅游者转化为看似认真的，却充斥着非常实际的、非常实用的临时抱佛脚的玩乐旅游心态。再细看那些膜拜者的眼神，分明还在左顾右盼着凡世间的风景，心中所藏着的各种难以昭示的欲念，也只有天知道了。

玉华宫，有缘于玄奘大师，它经历过真正的佛教圣地的繁华，也经历了明末时频繁的战乱，寺僧离散，庙宇被焚，成为一片废墟的惨痛。如今，在看着一群群喧嚣的旅游者前来，又目送着身心负重的凡夫俗子而去，玉华宫已然超然度外，就像玄奘这个千年不遇的大师一样，它永远保持着一个姿态，不闻人世间的喧嚣，执着而安静地坚守着自己的信仰。

女生宿舍

1981年我们中文系八一级入校时，西北大学将文科的男女生安排在同一座宿舍楼里。就是“学生6楼”。我们班女生住二层，男生住四层。前一段我回西大，专门找到“学生6楼”，楼前垒起了院墙，院门边注明“男生宿舍”，还有专人把守。

1981年的9月初，我的二姐陪着我，带着简单的铺盖衣物，装在一个旧的棕毛箱子里，乘着拥挤不堪的火车，没有座位，一路站着从华阴县的桃下镇来到西安。西安火车站上，有接站的同学，由他们引领着，乘坐大巴车，将我们送到西北大学中文系的新生报到处。

在热心的同学帮助下办完入学手续，第一任班主任张老师领着我们来到“学生6楼”，进了6232房间。

宿舍里有四张架子床，八个床位，多数人还没有来，床铺空空的。只有靠窗户右手边的床上，铺有一张大纸，上写“杜永新之床”。张老师看了不禁发笑，说，这是个外语系的女生。我们班只有七个女生，外语系有九个女生，所以将她们的一个女生调整到我们班女生宿舍里来了。

这个外语系的女生，后来与我们玩得很要好，被我们称作了老杜。当时，因为她人未到，就让这个“外系人”抢占了最好的床位，很为老杜的霸道心存芥蒂，以为她是个不好惹的主。其实不然。

人的命运有其必然性，但偶然的因素却常常起着决定性的作用。老杜的人生轨迹，与最初和我们同宿舍可能有着直接关系。快毕业时，她接受了我们班一个男生的求爱，然后结婚、生子。之后两人离婚。现在，老杜落单的孤雁一般，形影相吊一个人在上海工作。我曾为老杜设想，假如当初她不在我们宿舍，她也许不会有这样的选择和这样的结局，生活将是另外一种状态。但是，谁又能将一切删除了重来呢？

每到周末，西安市的两个女生周东华和郭建慧都要回家，剩下的人，思家之情蔓延开来，不免酸楚而孤寂。慢慢地，家不在西安的女生，也各自有了去处，宿舍里常常丢下黄霞辉、周燕芬和我三人。霞辉就将家里带来的煤油炉点上，做上一小锅米饭，然后再煮几个鸡蛋。剥了皮的鸡蛋，用酱油和香油一拌，就是我们的一顿饭。

那时候，鸡蛋是我们用省下的全国粮票换来的。十斤粮票，可在菜市场的老太太那儿换九个或者十个鸡蛋。老杜班上有一个“坏小子”，常常能换来十一个鸡蛋，他在数数时嘴里念叨着“一、俩、二、三、四、五、六……”就把老太太数晕了，就多出一只鸡蛋来。有一次，我们又换鸡蛋回校园，忘记哪个系的一个男生，在我们前面提着一袋子水果。我们玩笑说，要用鸡蛋换水果，结果还真成交了。

那年月，哪里还有现在的孩子挑食厌食一说，饥饿常常困扰着我们。不知为什么，虽然每一顿饭都吃得饱饱的撑撑的，但我在最后一节课仍然会饿得头发昏，手拿不起笔来记笔记。

老杜家里带来的炒咸菜就成了我们晚自习回来充饥的上好点心。边家村商场食品柜台卖的点心渣，则是我们偶尔解馋的绝佳美味。奇怪的是，虽然饥饿，我们仍能节省下来很多粮票，换了鸡蛋或是送了饭量更大的男生。

进校不久，我们参加了系里的文艺活动——好像是大合唱演出。活动结束后，系里的学生干部将一架扬琴抬到我们宿舍，说是要由专人教我弹扬琴，以备今后演出时后继有人。

这有点莫名其妙，我不好意思说，我连简谱都不识。而且大合唱时，我激情澎湃地站在舞台上放声高歌，其实只要到了高音区我根本无法发出声来，就是做了个口型蒙人，与现在很多大腕的假唱差不多。

扬琴摆在我们宿舍的桌子上，很占地方，又不好立即搬回去。我硬着头皮在七八级一个叫王什么的学兄——我的扬琴指导老师指导下，开始练习基本功。待王学兄第二周再来时，便不再有兴趣指导我了，他已经明白我这根朽木不可雕也。倒是霞辉在扬琴上弹出的小曲很是流畅，可见千里马常有，伯乐却难得一见哦!

后来调整了宿舍，老杜回到她们外语系的同学中，我们班七个女生也曾短暂分开过，但后来一直同宿舍到毕业。七个女生中，四个生肖属兔子，还有两只老虎和一条龙。这与我们全班同学年龄情况相同，大多是属兔子的。

我们七个女生——堪称八一级“七仙女”，各有特点：

王引萍，属相老虎。王引萍言语不多，总爱一个人默默地去上课，默默地自习。当年，她的妹妹放弃了学业供她上学，一直成为她的心病。她在我们班拿最高助学金，但是只够吃饱饭。好在那时不用交学费，否则，别说她，就是我们能否上得起学都很难说。

引萍是我们当中最刻苦用功的女生，毕业时她顺利考上古典文学硕士研究生。从她读硕士到她毕业去宁夏一所高校任教，有二十多年没有再见到她。有一年，留校的同学号召募捐，说是引萍从宁夏回西安来看病，刚一到西安火车站，就被人把行李箱偷走了，钱物损失惨重。我当时因为女儿小，脱不开身去西大，就从邮局将钱寄去。过了很久，从同学处得知，那次，引萍根本没接受大家的帮助，匆忙离开西安就没有再回来。

2009 年夏天，我在米脂挂职期间，周末去看望在邻县——横山县任县委副书记的王振华同学，振华不仅用美酒佳肴招待我，还将王引萍的联系电话给了我，并安排他的专车，送我去了宁夏银川。令我意想不到的是，银川是个非常有现代感的城市，而且干净整洁。更意想不到，那么容易就和引萍夫妇坐在了一起。

引萍几乎没有什么变化，仍然话语不多，倒是在西大就追求她，后来“将她的长发盘起”的那个警察丈夫很是健谈。夫妇二人恩爱有加，是很幸福的一对。

周东华，属相老虎。周东华颇具教师素质，说话有板有眼，抑扬顿挫，字正腔圆，表情丰富。她是我们当中服装、发式最时尚的女生。东华毕业时考上吴天惠的硕士研究生，毕业后，留母校任教。

1994 年，我被班上的同学生拉硬拽到中文系硕士研究生班学习，每天早上，我骑着自行车从省作协家属院骑到西大中文系，一身大汗地坐在教室上课。有一天，在校园里遇到下课赶着回家的东华，衣着时尚的东华，将正骑着的精致轻骑摩托车停下来，很优雅地和我打着招呼。我愣是被她的气质镇住了，扶着自行车，竟有些手足无措。

东华后来负责的学科是很时尚的“播音与主持艺术”，正合了她的气质和性格，也完全在意料之中。细想想，全班 39 人，没有谁比她的普通话更标准的了。2007 年，我的女儿桃桃，报考艺术类的播音主持专业，东华给予了桃桃很多考前指点和考中实际的帮助。桃桃一连考了四所学校，东华担当了三所学校的主考官。待最后一所学校考试结束，东华才轻松地笑着对桃桃说，这一个月，可把咱俩考苦了。

郭建慧，属相兔子。郭建惠，是一个看似小鸟依人的小女生，长着一副让人呵护的小女孩模样，特别是她讲起笑话来，经常没有把别人逗笑自己先笑翻了天。最佩服建慧的，是她快速的阅读能力，上大学期间，建慧读了大量的外国文学著作。若干年后，西方文学的精髓和观念成就了她，建慧成为南方几家著名的大企业经理人，令我们吃惊不小，真是当年同班的那个小女孩吗?

有一年，建慧回到西安，十几个同学小聚后，第二天，建慧来到我窘迫的出租房中看我。当时，我正在经历一场痛苦而漫长的婚变折磨。建慧安慰我说，这个世界可爱的人很多，不要陷在痛苦中不能解脱。我知道，我曾经的婚姻选择，在所有人眼中都是不可思议的，是缺少理性的选择。建慧却给予了理解。她说，你知道吗？很多人都想经历你这样大爱大恨的婚恋呢。我苦笑着，但是心里很感激建慧的话。

那天，和建慧在我简陋的出租房里，一起喝着咖啡，她一根接着一根地抽烟。往日的时光，在烟雾缭绕中一幕幕重现。只是我很想对建慧说，烟还是少抽一点吧。为了可爱的儿子，要健康，要长寿。而且，我们还要不断地找机会一起叙旧，畅谈往日共同拥有的快乐。

黄霞辉，属相兔子。多才多艺的黄霞辉，什么乐器都能被她弹拨或是吹出悦耳的声音来；篮球场上，霞辉飒爽英姿，三步上篮极其标准；下课后，她爱摆弄收音机，跟着广播很用心地自学日语。

霞辉毕业后，先是在陕西省妇联工作，很认真也很投入。陕西省委扶贫工作组在我们毕业的 1985 年下派干部下乡，霞辉就是第一批，被下派到永寿县。我当时竟然能几经周折在永寿县的一个乡镇，找到风尘仆仆正在做调研的霞辉。现在看起来，永寿县距离西安并不遥远，地图上福银高速就在永寿县的边缘穿过，只要愿意，可以从福州一路奔驰过去相信也用不了多久。但是当年，又是乘火车又是倒汽车的，要折腾整一天。霞辉不是因为路途周折不常回西安的，而是她那份对工作的认真。

后来，黄霞辉南下深圳，是一家大企业的重要岗位负责人，管理和组织才能凸显，事务性工作做得有条不紊。在家里，她相夫教子，贤惠温良，理财有道。2005 年我们西北大学 1981 级中文系毕业二十年的同学聚会，她专程从深圳赶回来。在一同去陕北的火车上，这个当年工作时吃在食堂的人，为我们讲述如何煲汤。主料、佐料、程序、火候等等竟讲得头头是道，就像一个专业的巧厨娘，听得我瞠目结舌，心服口服。

周燕芬，属相兔子。每当与朋友谈起我们称呼小名为七毛的周燕芬，用处惊不乱或是处乱不惊来形容她最恰当不过。她在我们面前，就是稳重成熟的楷模形象，而且还有些深藏不露。快毕业时，在校园的水泥乒乓球台上，七毛石破天惊，突然一展乒乓球的高超技艺，让路过的体育老师看到了，一再感叹遗憾，说为何四年里没有发现这个乒乓好手，不然应该是校队主力队员哦！

七毛分配时遭遇不顺，被分配在延安大学执教四年。其间，我作为省委扶贫工作组在陕北榆林工作一年，途经延安时，就去延大与七毛聚聚。做了妈妈的七毛，一个人在延大带着儿子大亮，既要教学，又要备考西大中文系的研究生，四年，是段艰难而漫长的岁月。但是，七毛凭着坚忍的意志和刻苦勤奋，考上西大中文系赵俊贤教授的研究生，之后又读华中师大的博士，然后是复旦大学的博士后，一步步成长为很有建树的西北大学文学院学科带头人。是班上最早就有著作出版的同学。

我时常想，倘若是我被分配到延大工作，我是没有这份坚持和韧性的。七毛让我佩服的不仅是这些，这个真正的米脂婆姨的贤良还表现在，在忙碌的教学中，打理家务任劳任怨，乐此不疲。她的家常常是我们聚餐的好去处，每一次享受了她的特别厨艺，从她干净整洁的家回来，我都要自惭形秽地打扫整理一次我这混乱不堪的兔窝。

张玫，属相龙。机灵、聪明的龙女张玫，是七个女生中年龄最小的一个。张玫的一曲二胡的代表作《江河水》能拉得我们潸然泪下。但因为她年纪最小，常常来点小脾气，也让我们这些小姐姐们无所适从，甚至要流泪。张玫的妈妈非常年轻，每一次来看张玫，娘俩挤在一张床上，相互依偎、拥抱、抚摸，说着我们听来是外语的温州话。母女间的亲密无间，令我羡慕不已。

毕业时张玫回到家乡温州，多年后，成为国家一份媒体驻温州站的负责人。几年前，张玫回到西安，和同学们聚会时，给每个人准备了一件小礼品，凸显着南方人的细心和周到。那是个炎炎夏天，聚会当晚却吃的是热腾腾火辣辣的火锅。男生们毫不顾忌地纷纷光了脊梁，这让张玫这个南方小女子好一阵感叹。2010 年夏天，我从福州乘动车去上海，途经温州，心里陡然一动，知道温州这个城市，与一个同宿舍的小女子有关，对温州有了别样的感觉。

我们七个女生虽然性格各异，但有一个共同喜好，就是爱睡午觉。记得有一次学校对学生宿舍卫生进行评比，其他宿舍同学，中午都忙碌着清理打扫，我们宿舍却关紧了门照样睡大觉。直到检查组上门，把我们从梦中惊醒。我们七人在屋内屏住呼吸，任由检查组敲门声山响，坚持没有开门，直到他们离开。走之前没有忘记给我们贴了“卫生合格”的粉色标签，而我们周围宿舍都贴的是“卫生整洁”的红色标签。

其实不是我们不求上进，要说起来，我们宿舍的女生，个个都很有出息，单说“七仙女”的我们，今天天南地北地在全国各地独闯天下，多数男生们就自愧不如。

命运的偶然，让我们同处一室四年；而必然，成了我们一生的想念和牵挂。

我祝福我的女生宿舍“七仙女”们幸福安康！

西蒋村赶考的少年

2016年5月5日早上，在西安市殡仪馆咸宁厅，我被人流拥推着与陈忠实老师告别。看惯了陈忠实老师那张像黄土高原一样沟壑纵横、布满深深褶皱的脸庞，那是他形象的标志，也是沧桑，是阅历，是智慧，是灵魂搏斗的写照。但是，躺在那里长睡不醒的人完全不像他。于是，我对自己说，这里躺下的人不是陈忠实老师，他又回灞桥西蒋村的原下老屋了，或是，正走在某个地方，向自己锁定的目标前行，就像六十年前，在一声火车汽笛的鸣叫声中，赶考少年陈忠实咬紧牙关，艰难地向远方赶路一样……

六十年前，陈忠实还是一个不曾走出灞桥西蒋村三公里外的少年，那年他十三岁，高小毕业。6月份，班主任杜老师带领着少年陈忠实和二十多个同学，徒步到距家约十五公里的历史名镇灞桥，西安市第十四初中考区（今西安市三十四中学）参加升初中考试。少年陈忠实是这一批同学中年龄最小、个子最矮的一个，这是他第一次出门远行。因为激动又惶惧，前一晚，他几乎一夜没有成眠。

第二天，少年陈忠实肩上挎着一只书包，书包里装着课本、毛笔、墨盒、几个混面馍馍，还有母亲用织布机织出的手工布巾，口袋里空空的没有一分钱。他起初兴高采烈地走着，然而，渐渐地却落在了赶考队伍的后面，长长的砂石路将脚上的那双旧布鞋磨烂了磨穿了，脚后跟磨出了红色的肉丝，流出了血，血渗湿了鞋底和鞋帮。老师和同学退回来，鼓励他跟上队伍，然而，这份关爱并没有减轻他脚下的疼痛。他不愿讲明布鞋鞋底磨穿的事，担心穿胶鞋的同学嘲笑自己的穷酸。一步一步钻心的疼痛中，他又与杜老师率领着的这支小小队伍拉开了距离。路上的杨树叶被少年陈忠实塞进鞋窝垫在脚下，母亲给他织的用来洗脸擦汗的布巾也被用来包了脚，接着是书包里的课本无奈之下被一页一页撕下来垫在脚下……

然而一切的努力都只能维持几分钟，几乎是光脚踏在砂石路上，每一步的行走都让少年陈忠实疼痛得难以忍受。赶考的队伍渐行渐远，少年陈忠实几乎绝望了，走进考场的最后一丝勇气终于断灭了。就在这时，突然，一声火车汽笛的鸣叫响起，接着，少年陈忠实看到一列火车奔驰着呼啸而过：天哪！这世界上竟然有那么多人坐着火车跑，而根本不用双脚走路！那一声火车汽笛的鸣叫，似乎给少年陈忠实注入了一股神力，他愤怒了，他对自己说：人不能永远穿着没后底的破布鞋走路！于是，他将残留在鞋窝里的烂布条、烂树叶、烂纸屑统统倒净，咬着牙在砂石路上快步行走，脚后跟还在流血，但是脚上有了力量。他终于在距考场还有约一公里的地方追赶上了老师和同学。

小小少年的赶考经历，让后来的陈忠实终生难忘，也仿佛预示了陈忠实今后的人生之路终究不会是坦途，终究要经历一次次砂石路的磨砺，而每一次，都必将艰辛，流血或是流汗。小小少年的赶考经历，也给了成长中的陈忠实深刻的生命启示，每当他遭遇人生重大挫折，或是面对人生重大抉择的关键时刻，他的生命深处总能响起那一声火车汽笛的鸣叫，当想到那个穿着磨透布鞋底还依然拔地而起去赶考的少年，无论——

生命历程中遇到怎样的挫折怎样的委屈，怎样的龌龊，不要动摇也不必辩解，走你认定的路吧！因为任何动摇包括辩解，都会耗费心力耗费时间耗费生命，不要耽误了自己的行程。（陈忠实《汽笛·布鞋·红腰带》）

脚下流着血参加升初中考试的少年陈忠实，是这次赶考的同村同学中唯一一个考上西安市三十四中学的学生。十三岁的少年陈忠实要到距家二十五公里的学校寄宿，每天的伙食是开水泡馍馍，到了周六下午，步行回家背上母亲给他准备的一星期的干馍馍返回学校。但是，即使这样艰苦的求学之路，少年陈忠实在初中一年级只上了一个学期，寒假回家，他听到父亲无奈地对他说："你得休学一年。"

西蒋村地处灞河南岸，土地丰饶，吃苦耐劳的父亲陈广禄，是种庄稼的一把好手，却没有其他挣钱的门路，为了供两个儿子——陈忠德和陈忠实上学，只有勒紧腰带，靠卖粮和卖树供儿子读书。1955 年底，农村实行合作化，土地归集体，父亲无地可种，也没有树可卖了，父亲说："钱的来路断了，树卖完了。"父亲想让哥哥陈忠德先上完初中，如果能考上师范学校或是技校，学费由国家负担，压力缓解之后再供陈忠实上学。"你得休学一年"，这是少年陈忠实无法逃开的"砂石路"。

虽然委屈，但他理解父亲。幸运的是，“那一声汽笛的鸣叫”响起了，一位乡政府的书记，帮助少年陈忠实联系学校，免除杂费，保证这个少年复学。结果，学校不仅让少年陈忠实复学，还给他每个月六元钱助学金。

然而，正是休学的这一年，从此改变了陈忠实的命运。

1958 年“大跃进”造成的恶果很快显现出来。接下来全国性的大饥荒和经济严重困难，迫使高等学校大大减少了招生名额，致使 1962 年高中毕业参加高考的陈忠实命运改写——1961 年西安市三十四中有一班学生考取了大学，只隔一年，1962 年这个学校四个毕业班考上大学的人加起来只是个位数，学习成绩在班上称得上优秀的陈忠实名落孙山，而且全班无一人考上。上不了大学，陈忠实只能回到乡村，村子里第一个高中毕业生回乡当了农民。这一次，脚下的砂石路变成了一个个锐器，脚跟的流血他忍受了，但是现在心在流血。痛苦不堪中，父亲的一句话再次成为激励他的那一声火车汽笛鸣叫：

当个农民又如何啊，天底下多少农民不都活着嘛。

进不了大学，陈忠实就通过自学来完成当作家的理想。在村小学当民请教师的陈忠实，一边努力教课，一边大量地阅读和造句练习，为他的写作打下了扎实的根基。他在心中给自己鼓劲，也在心中设定目标，没有上大学，在报刊上发表第一篇作品之日，就是自己的自学之路毕业之时。在老屋颜色晦暗的墙上，陈忠实写下了他的座右铭——不问收获，但问耕耘。

后来，已经于 1982 年进入中国作家协会西安分会（即后来的陕西省作家协会）成为专业作家的陈忠实，在 1987 年西北大学中文系开办第一届作家班时，有人半开玩笑半认真地鼓动陈忠实、京夫等作家进入西北大学作家班上学，陈忠实笑着说，我的履历上就填写“高中毕业”挺好。

回首这段于陈忠实不寻常的赶考经历和休学一年带来的没能上大学的遗憾时，是在 1993 年 6 月，陈忠实五十岁，正值壮年。在这篇《汽笛·布鞋·红腰带》的散文中，陈忠实用的是第三人称“他”来叙述，陈忠实仿佛是站在人生的另一个出发地，目送着少年陈忠实一步步走在砂石路上的背影，有爱怜，有欣慰，更有一份坦然。就在几个月前，1992 年第 6 期和 1993 年第 1 期《当代》杂志分两期刊出了陈忠实的长篇小说《白鹿原》，陈忠实到家附近的邮局去买《当代》1992 年第 6 期杂志，被告知已经售完。这家邮局每期拿十本《当代》。陈忠实又赶到钟楼邮电大楼，那里每期的四十本也已告罄。售货员说因为刊发了《白鹿原》卖得很快，许多人已经预订了下一期。售货员询问陈忠实是否登记预订。陈忠实留意看了预订者的名字和单位，没有文学圈的熟人，也几乎没有文学单位的人，感到大为宽慰，知道《白鹿原》进入真正的普通读者之中了。

1993 年 6 月，长篇小说《白鹿原》正式出版，《白鹿原》一问世，评论界欢呼，新闻界惊叹，读者争相购阅，一时“洛阳纸贵”。销售场面的火爆和广受海内外读者赞赏欢迎的程度，可谓中国当代文学作品中罕见。陈忠实后来回忆说：

回首往事我唯一值得告慰的就是：在我人生精力最好，思维最敏捷、最活跃的阶段，完成了一部思考我们民族近代以来历史和命运的作品。（陈忠实《文学是我人生最重要的主题词》）

当年，认定将文学创作当作终生事业来做的陈忠实，在1982年的早春，又经历了一次赶考，这一次是在渭河边一个深夜的乡村土路上。陈忠实到渭河边的一个人民公社协助并督促落实中共中央《全国农村工作会议纪要》（简称1982年“中央一号文件”）。这个文件的精神用一句话概括就是“分田到户”。一天深夜，他一个人骑着自行车从一个村子往驻地赶，突然想起他崇拜的作家柳青，想起了他阅读了多遍的《创业史》，一想之下，险些从自行车上跌落下来，索性推着自行车在田间土路上行走，一个太大的惊叹号横在他心里：

我现在在渭河边的乡村早出晚归所做的事，正好是30年前柳青在终南山下的长安乡村所做的事构成一个反动。（陈忠实《寻找属于自己的句子——〈白鹿原〉创作手记》）

这种巨大的疑问，无疑是陈忠实作为作家身份的一次人生大考，这次需要他深刻思考，追问个水落石出。这次的“赶考”，对他是否成为一个真正的作家和成功的作家关系巨大并且意义深远。

作家曾经是一个很诱惑人的职业。我们这个民族，有一个很好的习惯，非常迷信书。常喜欢引经据典——书上怎么说的。这种迷信往往转化到写书人、教书人。我们把孔子、孟子尊为圣人，放在帝王将相之前。很多人只看到作家一旦成名，就名利双收，很风光。其实作家同时又是一个非常辛苦的职业。在外界诱惑力很强、成才机会很多的情况下，选择文学就注定要忍受更多的清苦，要甘于寂寞。陈忠实对自己的要求要比一般作家更高一个层级，除了忍受清苦和寂寞，陈忠实有很清醒的意识，就是要在不断地“剥离”中“寻找属于自己的句子”。陈忠实对“剥离”有自己独特的理解：

剥离的实质性意义，在于更新思想，思想决定着对生活的独特理解，思想力度制约着开掘生活素材的深度，也决定着感受生活的敏感度和体验的层次……是上世纪80年代不断发生的精神和心理的剥离，使我创作发展到《白鹿原》的萌发和完成。（陈忠实《寻找属于自己的句子——〈白鹿原〉创作手记》）

这次，陈忠实成功地在“剥离”与“寻找”中，完成了创作《白鹿原》必要的艺术创造心理路程，应该说，没有这次主动地清醒地“赶考”，就没有后来的作家陈忠实，也就没有进入中国文学史的作品《白鹿原》。

陈忠实说，他的这种“剥离”意识从1982年春天开始，尔后贯穿整个20世纪80年代，其实，陈忠实之后的每一阶段，“这种精神和心理的剥离几乎没有间歇过”。

20世纪80年代末，贾平凹和路遥都有长篇小说出版了，许多人认为，陈忠实会急不可耐地把一个长篇小说拿出来，但是，陈忠实很是沉得住气，写作《白鹿原》的那五年时间里，他的妻子和孩子在省作协院子里，而他则躲到乡下去写作。五年磨一剑，陈忠实写得非常非常辛苦，那个过程是一种非人的自我折磨，如同他光脚走在又一条赶考的砂石路上，流血又流汗，但是他又一次坚持了下来。他说过一定要在五十岁以前写出一部可以到棺材里当枕头的东西，他做到了。

就在《白鹿原》出版的1993年，陕西省作家协会第四次代表大会上，陈忠实当选为省作协主席，他深知作家生活的不易，创作的不易，身在其位，得谋其政。这时候的陈忠实，放下身段，他全身心地投入，要为陕西文学的发展和繁荣做一些实事。这于他是不小的牺牲，牺牲作为作家身份的时间和精力，为作家们的生活和写作创造一定的条件。

2000 年，陕西省作协发生了很大的人事变化，作为“精神领袖”的陈忠实，再一次转变角色，这一次应该说是一次无奈中的“剥离”。2001 年到 2002 年陈忠实回到西蒋村，回到他写作《白鹿原》的祖居老屋，他住了两年，似乎也是隐居了两年。当他告别妻女，进入刚刚清扫过隔年落叶的小院，心里竟然有点酸酸的感觉。这一年他五十九岁，已经是摸到“花甲”的人了，他问自己，何苦又回到这个空寂了近十年的老窝里来?

这两年的“隐居”，在重新打量世事人事的同时，陈忠实也在重新打量自己，调整自己的心理，归于宁静，再次获得宁静，既是这两年的最大收获，应该说也是他又一次的“精神剥离”。

这个西蒋村赶考的少年，六十年前穿着鞋底磨穿的旧布鞋，脚后跟流着血从一个不足百户的小村子——西蒋村，走向灞桥，走向西安，已然堂堂正正地走向全国，走向世界，攀登上了中国当代文学殿堂的高峰。

现在，陈忠实又站在了一个出发地，那一声火车的汽笛声再次鸣叫，那是远方的呼唤，他将再次拔地而起，无论道路有多艰险，他都将一往无前。

青年时期的路遥

1966年的夏天到了，这一年，十六岁的王卫国即后来的路遥初中毕业。按以往惯例，大中专考试将要进行，但是，这一年，一切正常的招考停止了。

王卫国当时正计划着报考西安石油化工学校，但是，中国发生的一起大事件将王卫国的个人计划击个粉碎。

如果一切如常，王卫国顺利考上一所中专学校，国家就给学生发放生活费，农村户口也随之转入学校。不出意外，中专毕业后就能被国家统一分配，走上工作岗位，成为端“铁饭碗”的国家工作人员，彻底甩掉农村户口的沉重帽子，鲤鱼跳龙门地成为城镇居民。

如果一切如常，王卫国的养父养母——大伯大妈就可以松一口气。尽管大伯之前反对王卫国继续读书，可是拗不过这个牛脾气的孩子，一家人吃糠咽菜，节衣缩食，艰难苦熬到儿子毕业。如果王卫国争气，靠读书为自己踏出一条走出农村的路子，无论这高小两年、初中三年有多么的艰辛，结果总是令人高兴的。而且，大伯心里隐隐的内疚——那份因当初反对儿子读书产生的内疚，将因此减轻。

对继续上学读书始终怀有更强烈期待的，当然是王卫国本人。五年县城求学的饥饿与苦读，终究要收获一个结果，苦不能白受。王卫国甚至想到了该认真设计一下中专毕业后自己的未来。

然而，王卫国的梦想，被无情地击碎了。

因为“文化大革命”爆发了。

从20世纪60年代初开始，延川经历了多年的各种自然灾害，已然像一个饥饿已久的孩子，发育不全，营养不良。到了1966年，很多农户，有的举家外迁，更多的只有出外讨饭，才不至于饿死。

但是，各种运动却一次都不曾远离陕北这个偏僻的延川县。

1966年8月，延川中学高六六级的七八个学生，自发成立了延川县第一个红卫兵组织，全称“毛泽东思想红卫兵”。因红袖章上是用墨水写的“红卫兵”字样，所以，当时被人称作为“黑字红卫兵”。红卫兵组织成立后，配合延川县委工作组，在延川中学开展“文化大革命”运动。

被召回学校的初中毕业生王卫国，很快加入“黑字红卫兵”行列。

自1966年8月18日毛泽东在天安门城楼第一次检阅红卫兵之后，延川县的红卫兵组织，也纷纷开始到各地串联。

1966年10月，延川中学十名学生（七男三女）组成首批“红卫兵长征队”。

“红卫兵长征队”的学生，先在永坪、延安等附近地区串联一周绕回，沿途抄回来《炮打司令部》大字报，在本县宣传外地见闻。然后，他们自绣了一面红旗，向北京出发，徒步去北京串联：

据与路遥在城关小学、延川中学同级的吴江所言，在他们之后（1966 年 10 月）路遥也沿着相同的路线去了北京。吴江需要二十多天的路线是参照以下路线：县城→延水关（黄河的渡口地点）→（山西省）永和→交口→太原→（河北省）石家庄→北京。（[日]安本　实《路遥的初期文艺活动》）

所有红卫兵在去北京的沿途，随地可以发动红卫兵搞“批斗”活动，直接参与揪斗各地的当权派。到达北京后有专人接待，将他们接送到指定的兵营住下。然后，是等待毛主席的接见。在等待期间，亦有专人组织他们学习《毛主席语录》，每天的生活很有秩序，但并不是可以随便到处游走的。得到通知后，大家有秩序地来到天安门广场，接受毛主席的接见。

王卫国同班同学梁世祥回忆说，他和王卫国等延川中学的一批进京同学代表，是毛泽东第七次接见红卫兵中的一分子。

站在天安门广场上，农民儿子王卫国与所有接受伟大导师接见的忠诚战士——红卫兵一样，内心是激动的，是虔诚的，是单纯的，也是无比幸福的。

接见结束后，上穿一件黑棉衣、下着一条灰棉裤，脚蹬一双千层底黑布鞋的王卫国，手拿着《毛主席语录》，右胳膊上戴着一个红色黑字的“红卫兵”袖标，在天安门前庄重地留影纪念。

然后，王卫国很严肃地对同来的同学提议：咱们回去后，要脱离“黑字红卫兵”，咱们要另成立一个红卫兵组织。

1966 年 10 月，延川县县级机关第一个红卫兵造反组织——

“反修战斗队”建立不久，各单位相继建立名目繁多的造反组织二十多个，有“毛泽东思想指挥部”“红旗战斗队”“兴无灭资总部”等等。为表现各自组织的正确性，“造反派”之间互贴大字报，相互攻击对方是“保皇派”，标榜自己的造反组织是“革命派”。延川县大街小巷，一时间大字报铺天盖地，造成纸张短缺。

当王卫国从北京串联回到延川县时，延川县的“文化大革命”运动已然开展得如火如荼。疯狂的年代，只是一名延川县初中三年级学生的王卫国，也疯狂地在延川中学的校园里，借着风势，联络了初中部的同学，真就成立了一个“延川县红色造反派第四野战军”（简称“红四野”或“红四野总部”），扛起了“红色造反派第四野战军”的大旗。

历史上的“第四野战军”，是解放战争时期中国人民解放军实力最强的主力部队。它是由抗日战争转入大反攻后进军东北的八路军、新四军主力各一部及东北抗日联军逐步发展起来的。简称“四野”。

延川中学的这一派学生造反组织起了这么个震天动地、响遏行云的名字，也许是希望能像当年的“四野”一样，成就一番轰轰烈烈的大事业吧。

延川县还有另一派也自称是“红色造反派”的组织——“延川县红色革命造反派总司令部”（简称“延总司”或“司令部”）。

到1967年3月，革命大辩论逐渐使观点相同，意见相投的“造反派”相互联合，而观点相对立的则水火不相容。

“延总司”与“红四野”均是延川中学的师生组织成立的，

但后来发展成为当时延川县“文化大革命”中两个势不两立的造反派别。

回到延川县的王卫国，由于平时总是积极参加各种活动，再加上出色的文才，自然成为班内“文革”小组成员。班主任常润田老师是班上的当然领导，小组中的三个成员都是班上不安分人物，调皮活泼，能言善辩。后来，这三个人成了一派的主要头头。而王卫国的组织才能和领导才能显得更为突出，被“红四野”的群众推选为领导成员之一。又后来，延川县几个群众组织联合为一大派群众组织——“红四野总部”，王卫国被推选为“红四野总部”军长，主管宣传工作。

当时，“红四野”的战友尊称王卫国为“王军长”；而对立派都把他叫成“王喂狗”。在延川县城的一面墙壁上，有这样的大字报，上面醒目地写着：打垮“黑四野”，勒死“王喂狗”！

有着极强政治抱负的“红四野”军长王卫国，从小做惯了“孩子王”的权力欲望大大得到了满足。在一片“造反有理”的口号声里，这个只有十七八岁的中学生，以他的学识，以他的博闻强记，以他在延川县无与伦比的口才，再加上文学造诣做基础，用极具煽动性和鼓动性的文章、演讲，王卫国一呼百应，八面威风，成为延川县城极有权力的大人物，可谓少年得志。

革命不是请客吃饭，不是做文章，不是绘画绣花，不能那样雅致，那样从容不迫，文质彬彬，那样温良恭俭让。革命是暴动，是一个阶级推翻一个阶级的暴烈的行动。

这是毛泽东在 1927 年 3 月《湖南农民运动考察报告》中说

的一段话。它是针对当时“中派”认为所谓农会举动“过分”的言论而讲的，本意在于告诫人民群众，革命不能温文尔雅，必须坚决彻底。这段话，却成为“文化大革命”中“造反派”的至尊宝典。“造反派”们高唱着“革命不是请客吃饭”的语录歌，可以堂而皇之地去打倒一切、推翻一切。

为了读书，七岁的王卫国离开亲生父母，被过继给大伯大妈；为了让他读书，大妈靠着乞讨供养他上初中。读书升学是王卫国谋得一个公家人身份，脱离农村进入城镇的唯一途径。然而，“文化大革命”的爆发，使得王卫国继续读书升学的梦想化为泡影。此时，时代好似为王卫国提供了一条比读书升学更加快捷、轻松的道路——只要敢于造反，敢于冲锋陷阵，就可以前途无量。

王卫国狂热地投入到滚滚而来的“文化大革命”的洪流中，自然有着朴素的对毛泽东的无限崇拜，同时，改变个人命运可能也是王卫国内心更大的驱动力。对于整个中小学时期没有吃过几顿饱饭的王卫国来说，投身于“文化大革命”，在某种意义上，就是要吃饭，就是做文章。

平心说，路遥对这场“革命”是热衷的。不为别的，就是为有口饭吃。路遥对我讲起这段历史时，曾是泪流满面。后来他开始写文章，并把自己的名字王卫国改成了路遥。当他写完《惊心动魄的一幕》和《在困难的日子里》这两个中篇小说后，他说他终于写出了自己埋得很深的一段心灵历程。（王天乐《苦难是他永恒的伴侣》）

1968年9月15日，根据陕西省革委会指示，“延川县革命委员会”在县城召开的群众大会上宣布成立，宣布“即日起延川县党、政、财、文大权归延川县革命委员会”，“延川县革命委员会是延川县最高临时权力机构”。同月，延川县成立了中国人民解放军延川军事管制小组，代行原公检法职能。

“三结合”的临时权力机构——延川县革命委员会宣告成立时，年仅十九岁的王卫国，作为群众组织的代表，被结合进这个最高权力机构中，成为“新生的红色政权”——延川县革命委员会副主任。

王卫国虽然担任了这个相当于现在副县长一职的革委会副主任，却是延川县最高临时权力机构中的摆设。军队代表和革干代表副主任，是当时延川县的核心领导小组成员，这些人有职有权，而王卫国的副主任，只是群众代表，不算是国家正式干部，他依然还是农民、学生身份，没有工资。

《延川县志·新中国成立后县长、主任更迭表》中，记录了王卫国的任期时间（1968.9—1973.8），备考栏注明：“群众代表”。因此，王卫国直至1973年9月进入延安大学就读之前，一直在形式上担任着“延川县革委会副主任”的头衔。

上任之后的王卫国副主任，开始了不停地参加各种毛泽东思想学习班，先是要交代策划大规模武斗的情况。然后，又接受怎样迫害革命领导干部的审查，三五天上交一份“斗私批修”的检查。好在王卫国仍然保持着阅读的习惯，即使不停地接受各种学习、检查、审查，仍然能在闲暇时，抓紧做他感觉唯一要做的有意义的事情——多读书。每读完一本书，更渴望继续读下一本书。王卫国对前来看望他的曾经的“红四野”战友樊俊成说：

只有不断地读书，充实自己，才能创造自己的未来，有一点本钱。（樊俊成《追思与路遥相处的日子》）

1968 年的 12 月下旬，延川县的冬季征兵工作在苏联边防军出动的装甲车的隆隆声中，在卡车运载携带武器的苏联军人登上珍宝岛，制造出“珍宝岛事件”的枪炮声中开始了。

王卫国的很多同学，以及“红四野”的战友们纷纷报名应征。王卫国也想报名当兵，这是走出偏僻山区，走出贫困的一条路，但是，当作为闲差的县革委会副主任王卫国去报名时，却遭到了拒绝。

有一天，已经通过应征体检的樊俊成，到延川县城来找王卫国，很希望王卫国能和他一块参军，再次成为一同为国效力的战友，可是在延川县城却找不到王卫国的踪影。几经打听，才得知王卫国在县城北的黑龙关农中，正参加一个对外保密的学习班。王卫国告诉樊俊成：

现在情况有变，自上而下都举行学习班，主要是审查每个领导干部，凡参加学习班的人，都必须把自己的认识、问题向组织说清楚，并做出实事求是的组织结论，以便今后重新工作。他又问我，有什么事抓紧说，我只请了 15 分钟的假。我一看他那么紧张，就直接说，现在开始征兵了。我已报了名，体检也合格，希望咱们一块去当兵，保卫祖国，实现自己的理想，这可是难得的机会，你是如何打算的？他说，开始我也很想报名当兵，但是人家说按规定我走不成，后来就到这里参加学习班，看来，今年我是走不成了，你就先走吧，我以后再说。（樊俊成《追思与路遥相处的日子》）

1969 年 2 月的一天，已经被批准入伍的应征青年，换上了新军装，在延川县城集合，延川县革委会在县人民委员会大礼堂举办了欢送新兵入伍的文艺晚会。第二天上午 10 点，新兵起程出发，奔赴各自的部队。秧歌队与夹道欢送的人群，一直将新兵送到县汽车站。新兵乘坐的卡车路过县城北黑龙关农中大门口时，王卫国也站在了人群中，他听见了他过去的同学、战友在卡车上呼喊着他的名字，王卫国也向战友挥着手，口中回应着他们的呼喊。很快，卡车在王卫国眼前颠簸离去，蔓延开来的黄尘遮蔽了卡车上的军绿色。绝尘而去的是别人的命运，王卫国自己的命运出路在哪里？

看不到自己人生前景的王卫国陷入一片迷茫。

未完成的小说——写给王观胜

2011 年 8 月 27 日送别王观胜那天，遇到一位久不联系的人。

这些年，平日里很少见面的熟人、朋友、同道，或是压根不想见面的人，在那种地方相遇却是司空见惯。相遇的场面也已成套路：彼此带着一分惊喜互道问候，寒暄，感慨。然后，怀着真诚，或是佯装的真诚，向曾经的一个鲜活的生命告别。之后，又各奔东西，该怎么活着还怎么活着。

那天，在告别仪式未开始之前，这位久不联系的人，不合时宜地向我讲述了一个作家的“劣迹”。我惊愕不已，压根不能相信他说的那个我眼中的好人有如此不轨的行径。随之想象，此时此刻，若是王观胜听到，会是怎样的反应？想必王观胜也是极为惊愕，但很快恢复如常，然后感叹一声：也许是真的，但能理解，谁都活得不容易。

这就是王观胜，宽厚善良，遇事爱换位思考，一向的好脾气。有时决不被妄言左右，有时又很容易轻信。作为有独立个性和深邃思考的小说家王观胜，同时又是个单纯的，甚至还葆有几分童稚般天真的成熟男人。在文学这个名利场中摸爬滚打几十年，这份难得的单纯与天真并没有磨损半分，或许与他在部队几年的军旅生活熏陶有关。平日里，王观胜又是古道热肠的人，倘若朋友遇到难事，他会毫不犹豫出手相助，行侠仗义；自己遇到不平或是委屈，他也会即刻直眉瞪目，但只是一个愤怒的准备，待第一句话刚高调门地出口，表情即刻就松弛下来，话语也随之放缓，恢复到和风细雨。

和善的微笑中透着单纯和天真，这是王观胜常态的神情。他从没有过不加控制的情绪宣泄，也不轻易倾诉他的困境、袒露他的脆弱以博得别人的同情，就像他笔下的硬汉，个个都能以平常心态直面孤独与磨难。

1982 年第 3 期《延河》头条发表的一个短篇小说《猎户星座》，被《小说月报》同年第 5 期转载，让一个小说家王观胜横空出世。与路遥、白描等《延河》编辑一样，王观胜也是先因作品在《延河》上发表，而后调入《延河》当编辑的。

1986 年，调入陕西省作协《延河》编辑部的王观胜，成为我的同事，也是我的直接上级。不过，在担任《延河》小说组组长那几年，其实王观胜始终将自己的角色定位为作家，尽管期间他还经营了一段时间的《中外纪实文学》杂志，之后又成立了一个名为“各姿各雅”的影视公司，似乎都不太适合他的路子，无疾而终。只有作为作家的角色，他始终坚定地维护着。彼时，陕西第二代作家路遥、陈忠实、贾平凹、莫伸、邹志安、京夫、李天芳、晓雷等等一大批人在 20 世纪 70 年代末 80 年代初登上文坛，并在 80 年代显示了文学实力，陆续取得了卓越的成就，日渐形成颇为严整的群体阵势。王观胜比路遥大一岁，从年龄和创作资历以及创作观念和方法来审视，王观胜应归属于第二代作家群体。但严酷地说，王观胜的作家角色略显尴尬——同龄人中，陕西第二代作家的领军人物，已逐渐确立了当代文坛的地位。而王观胜的身后，又有无数更年轻的如杨争光、高建群、红柯、方英文、冯积岐、黄建国、马玉琛、吴克敬等一大批佼佼者蜂拥而至。如此的处境，也许是会令人焦灼的，但处事散淡，对功名一向保持着最低程度的敏感，或者，甚至略显麻木的王观胜，似乎并没有被焦灼的处境干扰，他的天性中有着非常可贵的一面——随遇而安。于是，王观胜在二十几年的创作生涯中，姿态一直比较端正，不急不躁，既不刻意追逐，却也没有自甘落伍；不去投机炒作，也不取巧迎合，安之若素地接受着写作带给他的快乐与不快乐。不过，一年当中，总有一次，王观胜会背起部队的那种军用背包，从西安出发一路向西，甘肃、青海直至新疆，有意将自己抛入一个人烟罕至的荒漠之地，随时迎接一个个不可预见的遭遇或邂逅。于是，“大漠孤烟直，长河落日圆”的西部景象，被他描绘出来了；洋溢着崇高与悲壮的西部故事，被他讲出来了；苍劲雄浑野性十足的西部风情，被他写出来了；侠肝义胆、疾恶如仇、外表粗糙、内心勇武强悍的硬汉形象，被他一个个刻画出来了……

作为一个文学期刊编辑，如果不间断地工作在编辑岗位上，终其一生，其实也就是编辑几十本期刊的合订本。在陕西省作协《延河》工作的那些年，经历着文学从巅峰到谷底的滑落，我不断地拷问自己，我做这份工作的意义何在？我也不断地问他人，我的工作有意义吗？就在自问与追问之中，匆匆就过去了二十多年。好在还有《延河》合订本，它将我这二十多年压缩成不高的一摞杂志，告诉我，我还做了一点实事。但是，我要寻找的答案就在这不高的一摞合订本里吗？我怎能不为此感到惶恐？王观胜是幸运的，他始终坚持的作家角色，让他很早就离开了编辑岗位，进入陕西省作协的创作组从事专业创作，所以，王观胜没有我作为文学编辑的惶恐。今天，我将手边从1982年到2005年间不完整的《延河》合订本从书架上一本一本取下来，查找到了王观胜在这期间发表在《延河》上的作品：

1982年3期《猎户星座》（小说）

1985年7期《他们的日月》（报告文学）

1993年3期《一种生活方式的消亡》（怀念路遥的散文）

1994年5期《焉支山》（小说）

1999年10期《爱力西湖》（小说）

2000年9期《戈壁月》（小说）

2003年8期《康定城》（小说）

2003年8期《你到底要干什么》（创作谈）

之所以只查找到2005年，是这之后的《延河》几乎与我没有大的关系，王观胜对此了然于心，所以他会原谅我。因为久不翻动，合订本相互之间已经粘连在一起，内文纸张也正在泛黄。阅读到《猎户星座》那一期时，看到紧随这篇小说之后的叶广芩的小说《飘荡的烟》，在小说中，彼时，我们还不知何为"席梦思"，而叶广芩将"席梦思"称之为"西蒙斯"，便可知不可逆行的时间，已经走得很是久远了。然而这些发黄纸张上的文字，却仍然偾张着年轻的热血，丝毫没有被时间磨蚀掉青春的活力，阅读起来依然清新生动。

王观胜比我年长许多，与他同事的二十几年间，他是我在陕西省作协院子里没有称呼老师的极个别的领导和作家，平时一向直呼他“观胜”，玩笑时称呼他为“王老儿”，王观胜却从不介意。我自以为，所以如此，是我与王观胜之间建立的是超出同事关系之上的情谊——类似家人与亲友的情谊，想必王观胜也是认同的。这种关系的建立，首先是因了王观胜做人的平和大度，也因了我们对人对事对文学几乎的同好之上。所以，2007年我不知出于何种缘故，在撰写的《放马天山的王观胜》一文中，直言不讳地写道：

观胜天性的随遇而安和无药可救的惰性，影响了他创作的产量。

王观胜看到后并没有生我的气，还说：“小张说我有惰性，而且是无药可救，她说得很对。”

1993年第3期《延河》同期刊登了王观胜和我怀念路遥的文章，王观胜的文章开篇就生动地叙述道：

作协大院里的好多孩子，和路遥能耍到一块的是李国平的女儿程程、张艳茜的女儿桃桃。1991年初冬，我拿着几节烟筒，从前院向编辑部的后院走，路遥走在我的前面，一手抓着两个热蒸馍，一手肘着一根葱，吃一口馍，咬一节葱。走路的姿势，还是那个样子，弯腰、偏头、一闪一闪的。

一大群孩子正在沙子堆上玩耍，小桃桃一见路遥闪过来，慌忙扔掉手中的小铲子，一道烟似的向路遥跑过来，一边跑，一边挽袖子，小桃桃踮起脚，先将左臂递上去，路遥也扔掉剩下的半截葱，抓起桃桃的左腕，狠狠地吞一口。桃桃又将右腕递上，

路遥又是一口。桃桃擦着胖圆胳膊上的口水，又飞回沙堆上去，路遥拾起地上的半截子葱，一口馍，一口葱地向后院闪。

今天，已经长大的桃桃，阅读到了这段文字，感慨不已。桃桃说，亲我胳膊的路遥伯伯早已英年早逝，如今写路遥伯伯和我的观胜伯伯也离开我们有六年了，老天爷让他们走得太早了！我说，的确，“文章憎命达”，他们丰富的人生本身就是一部很耐读的小说。遗憾的是，留给我们读者的是未完成的作品……